愛する人はひとり

リン・グレアム 作

ハーレクイン・プレゼンツ 作家シリーズ 別冊

東京・ロンドン・トロント・パリ・ニューヨーク・アムステルダム
ハンブルク・ストックホルム・ミラノ・シドニー・マドリッド・ワルシャワ
ブダペスト・リオデジャネイロ・ルクセンブルク・フリブール・ムンバイ

THE GREEK'S CHOSEN WIFE

by Lynne Graham

Published by Harlequin Japan,
a Division of K.K. HarperCollins Japan, 2024

リン・グレアム

北アイルランド出身。10代のころからロマンス小説の熱心な読者で、初めて自分で書いたのは15歳のとき。大学で法律を学び、卒業後に14歳のときからの恋人と結婚。この結婚は一度破綻したが、数年後、同じ男性と恋に落ちて再婚するという経歴の持ち主。小説を書くアイデアは、自分の想像力とこれまでの経験から得ることがほとんどで、彼女自身、今でも自家用機に乗った億万長者にさらわれることを夢見ていると話す。

プロローグ

ニコロス・アンゲリスは驚いて父親を見つめた。「冗談だろう？　そんなばかな。うちの会社はギリシアで有数の大会社だよ！」

銀髪になりかけた黒髪のハンサムなシメオンは元気溌剌とは言えなかった。肌は土気色で顔には疲労の深いしわが刻まれている。「いちかばちかやって失敗したんだ。大失敗だよ。会社が手を広げすぎたため銀行がひどく神経質になってきた。残らず担保に入れたが、向こうはまだ満足しない。もし今銀行に手を引かれたら、われわれは大損だ！」

残らず？　この家も？　ニコロスは怒りのあまり自分が何を言い出すか自信がなかった。男は家族の名誉と安全をまず第一に考えるべきだと祖父のオレステスに教わった。祖父の存命中は家族の財産も安全に守られていたが、シメオンの代になって変わった。彼はもう五十代なのにまだ伝説的な父親に負けない敏腕ぶりを見せようと必死で、危険な取り引きを進めて大損したのだ。

「少しでも気休めになるといいが」シメオンは重苦しい声で言った。「〈アーノット開発〉の件は、話がうますぎると言ったおまえが正しかった」

ニコロスは耐えられないほど傷つき、向きを変えた。「お父さんはクトラス兄弟に手を引くべきだと注意されたあとでも買い込んだじゃないか」

シメオンはひるみ、悲しげな目で長男を見た。「彼ら自身のために言っていると思ったんだ」

ニコロスはきれいにそろった白い歯を噛み締めると、父親から目をそらした。激しい軽蔑を感じる自分が恥ずかしい。シメオンはよき男、よき父親、よき夫だ。人々に好かれ、尊敬されているが、頭のほうは今ひとつで企業家としては最悪だ。一方ニコロスは十代から余暇を収益の高い株取り引きにあて、卒業前に大金持ちになった。賢明さと抜け目のなさで劣る父親の失態を、そばで何もできずに見ているのは、彼にとっては拷問とも言えた。

「率直に言おう。今がどん底かもしれないが、意外なところから救済の申し出があった。しかしわたしは驚き、無理だと答えた。正しくないと――」

　ニコロスは苛立ちを抑え、険しいまなざしで父を見た。「正しくないって何が？」

　父は探るような息子の目を見たくないようだった。「おまえの年齢でこんな犠牲を払ってくれとは頼めない。まだ二十二歳なのに――」

「それがどういう関係があるんだい？」

「テオ・ディマキスからの申し出だ」

　ニコロスは思わず笑った。「テオ・ディマキスだって？　僕をかつぐ気？　いつから僕たちはそんなごりっぱな社会の仲間入りをしたんだい？」

「こちらが望むなら仲間入りできるらしい」シメオンはきわめて慎重に言葉を選んでいる様子だ。

　息子のほっそりした顔に望ましい反応は見えなかった。「ディマキスは冷血だ。彼と組めば、気づいたときには胸にナイフが刺さっている」

「状況が違えばわたしもそう考えただろうが、テオは商取り引きよりむしろ縁組を申し出ている」

　ニコロスは動きを止めた。「まさか、本気じゃないだろう……」

シメオンは弱気にならず話を続けた。「テオは十年前にひとり息子を亡くし、今の三人めの妻にはまだ子どもがいない。イギリス人の孫娘がいるだけだ。彼はそのプルーデンスをギリシアの名家の息子と結婚させたがっている。母親がイギリス人で、婚外子ときているから当然だ。時代遅れのディマキスは、時代遅れの取り引きを申し出ている」

ニコロスは耳を疑い、沈黙を守った。

「彼女と結婚して子どもができたらおまえの思いのままだ。わたしたちも救われるが、おまえには大望がある。彼女は金の卵を産む鵞鳥みたいなものだ。こんな取り決めを金銭面で語るのは品がないが、明らかな利点に注意を向けないのも間違いだろう」

ニコロスは目を閉じた。絹の扇のような長く黒いまつげが、高い頬骨に一瞬触れた。父親がこんな取り決めを検討していることに嫌悪を覚えた。プルーデンスが――デザートのバクラバが大好きでプディングとあだ名をつけられた彼女が僕の妻になる？　なんということだ。社交行事で無視され、ばかにされている彼女を数回取りなしたことはあるが、ほとんど知らない。彼女はギリシア語が話せないお人よしだから、格好の標的にされた。彼女なら何を言われても好ましいことだと思って微笑するだろう。

自分も守れない彼女にニコロスは怒りを覚えたのだ。彼は弱い者いじめが大嫌いなので、敵意に満ちた世界で自分の面倒を見られない愚かで無力な人間がいれば、誰に対しても同じ態度をとっただろう。そんなささやかな礼儀正しい行為や思いやりを示したことが、おぞましい結婚の申し出を招いたのだろうか？　気力をなえさせる疑問に、精悍な顔が引き締まった。ニコロスが部屋に入ると、彼女の顔はクリスマスツリーのようにぱっと輝く。プルーデンスはどんなに彼が好きか、大金持ちの祖父に話そうと決めたのだろうか？

「パパ……」テラスに向けて開け放したフランス窓からニコロスの妹コスマの取り乱した声が聞こえた。「悪いけど聞いてしまったの。わたし、貧乏になったら生きていけないわ。でも、ニコロスにテオ・ディマキスの孫娘と結婚してとは頼めない。彼女は太ったのろまで、すごく見苦しいのよ！」

「立ち聞きするとは何ごとだ」シメオンはばつの悪さから、甘やかされた愛娘をいつになく叱りつけた。「じゃまをするんじゃない――」

「でもほんとうよ」かわいい十代の少女は譲らず、父親にさからった。「彼女の顔に紙袋でもかぶせないとニコロスはいっしょに食事もできないわ。親しくなるなんて絶対に無理。彼女は醜くて、お兄さまはこんなにハンサムなのよ――」

「出ていけ」ニコロスは妹に冷たく言い放った。

兄の命令に泣きながら立ち去った娘を見送ると、父親はすまなさそうに吐息をもらした。

「もちろんわたしはその娘に会ったことはない。もし彼女がそんなにひどいなら、コスマが言うのももっともだ。おまえに彼女と結婚してくれとは頼めない」

ニコロスは皮肉な笑いを噛み殺した。こんな胸くその悪い欲得ずくの提案に、これしか難点を見いだせないことが父の精神状態を雄弁に語っている。父は絶望と闘い、破産の淵から抜け出すために藁をもつかもうとしている。両親と四人のきょうだいがこうなるのを僕はどうして傍観していたのだろうとニコロスは自問した。

二十二歳の彼には、人生は始まったばかりのように思えた。もっとも、すでに純真ではなかった。まだ大学生とはいえ、ニコロスはプレイボーイという評判だった。ひたすら快楽を追求しているのは事実で、よく学びよく遊び、めったにひとりでは眠らない。長い交際はしないし、誠実でもない。しかし、この条件を受け入れない相手に会わなくてはならないのだ。しかし自分が夫に、ましてや父親になるとはまったく考えられない。家族のためにこんな重い負担を強いられるとは……。ニコロスの胸は怒りと苦々しさでいっぱいになった。だが祖父のオレステスなら、命を捨てても最愛の家族を守るだろう……。

「おまえを見ると、死んだ息子と彼の母親を思い出す」テオ・ディマキスは孫娘を見て冷笑した。「子犬みたいな目といい怯(おび)えた微笑といい、そっくりだ。気骨というものがない。軟弱者にはむかむかする」

「もしわたしが軟弱なら、着いた翌日に家に帰っていました」プルーデンスは顎を上げ、青い瞳で見返した。それでも、ゆったりしたコットンシャツの下の胸は恐怖でどきどきして気分が悪かった。

祖父の不快な態度には絶えず愕然(がくぜん)とさせられる。彼の豪邸に滞在して三週間、毎日が試練だった。まだ見ぬ祖父と親しくなり、愛したいと甘い望みを抱いてギリシアに飛んできたが、彼は意地悪く冷淡で、言葉にはとげがあった。孫娘にひとかけらの愛情も抱いていないことを彼女も受け入れるしかなかった。

テオは彼に立ち向かおうとする孫娘を笑った。「わしをばかだと思っているのかね？　なぜわしがおまえを招待したと思う？　わしが投げたものをおまえが残らず受けたのは、母親がまた酒びたりになり、執行人が家にやってきたからだろう！」

狼狽したプルーデンスは、懸命に保っていた落ち着きを失い、祖父の嘲りの視線を避けた。

彼女がきまり悪そうにうなだれると、栗色の髪がふっくらした横顔にかかり、十九歳らしく見えた。

「図星だろう？」

「ええ……」認める言葉がプルーデンスの喉につかえた。母のトリクシーはおこないを改め、生活を立て直したと言いたかった。悲しいことにそれはできない。祖父は満足げな軽蔑の表情で、欠点だらけの母にさらなる屈辱を与えるだけだ。二十年ほど前、祖父は息子に妊娠した恋人を捨てろと告げた。そのときの先見の明を喜んでいるのではないだろうか。

「アポロはなんとけっこうな相手を選んで、わしのたったひとりの孫の父親になったものだ！　世界中の女相続人たちのなかから選べたのに。王女を妻として連れ帰ることもできたんだ。当時でもわしはミダス王に負けない大金持ちで、財力はどんなりっぱな家系にも匹敵する。だが、わしの息子はできが今ひとつだったようだな。あいつが選んだのは飲んだくれで、金遣いの荒いあばずれときた――」

プルーデンスは顔を真っ赤にして立ち上がった。「ここに座ってそんな侮辱を聞く気はありません」

テオは皮肉混じりの愉快そうな目で彼女を見た。「そうするしかあるまい？　おまえの母親を苦境から救うにはわしの金が必要だ」

プルーデンスは色を失った。頭を垂れて怒りをなんとか抑え、元の席に腰を下ろした。極貧と威厳は相容れない。それは幼いころに学んでいた。祖父の言うとおりだ。真実はうれしいものではない。彼女には祖父の金が必要だった。母は借金がかさんで大酒を飲み、今は請求書の不払いで訴訟を起こされている。でも金銭問題のストレスがなくなったら、母を説き伏せて入院させ、もう一度リハビリを受けさせられるはずだ。認めるのはつらいが、母の生死はディマキスの金にかかっている。長年の暴飲がたたって母の体は危険なほど弱っているのだから。

テオは無言の孫娘をもどかしそうにじろりと見た。「おまえをギリシアに呼び寄せたのは、わしの役に立つと思ったからだ。話を聞いたおまえが、幸運を悟る頭があるかどうか見たいものだ」

プルーデンスは当惑して眉をひそめた。

「ニコロス・アンゲリスをどう思う？」テオがにやりと笑った。その笑顔に多くの人は背筋が寒くなる。

その名前を聞いてプルーデンスはどぎまぎした。真っ赤になって目をそらしたので、祖父の薄い唇に浮かんだぞっとするような笑みには気づかなかった。「彼は……親切よ」ほめ言葉は山ほど浮かんだが、胸の思いを祖父に嘲笑（ちょうしょう）されると思って黙っていた。

ニコロスのことを存分に語ったら、どうしても思いの深さが出てしまう。生まれて初めてのこの恋を誰にも話す気はない。ニコロスには堕天使のような神秘的で危険な美しさがあり、わたしは太りすぎで不器量だ。望みのない恋なのはわかっている。

「ニコロスは貧乏にどう対処するかな？　この瞬間にもアンゲリス家は破産の危機に瀕（ひん）している。家屋敷も車も失い、きょうだいを名門校から連れ戻さねばならない。しかもそれは受難の始まりにすぎない。一世紀以上も続いた富と安穏のあとで、両親はこれほどの大きな痛手にはなかなか適応できないだろう」孫娘の表情豊かな目に驚きが浮かび、次いで心配が広がるのをテオは見守った。「だが、おまえの力で彼らをみじめな運命から救える」

「どうすれば救えるの？」祖父が描いた状況に動揺してプルーデンスは思わずたずねた。

「わしの力になればいい。おまえがアンゲリス家の息子と結婚すると言えば、わしは彼の一家を救い、おまえの母親のささいな問題もすべて面倒を見よう。わしはあまり気前のいいほうじゃないが、かかわりのある全員に大盤振る舞いをするつもりだ」

プルーデンスは目を丸くした。何度か話をさえぎろうとしたが、そのたびに生まれつき慎重な彼女は思いとどまった。「わたしに……ニコロスと結婚しろと？　どこからそんなことを思いついたんですか？　そんなむちゃな……それがどうしておじいさまの力になるのかしら」彼女は震える声で言った。

「見かけほどむちゃではない」恰幅のいいテオはクリスタルグラスにブランデーを注いだ。「わしは男の跡継ぎが欲しいが、おまえの父親しかできなかった。おまえもアンゲリス家の息子も若くて健康だ。彼の精力が噂の半分でも真実なら、求められた結果を達成するのにそう時間はかかるまい」

テオの品のない笑い声に、孫娘の肌が苦悶の色に染まった。「おじいさまがそんな話をするなんて信じられません。ニコロスはわたしと結婚などしないでしょう……彼はわたしを望まないわ」

「望む望まないの問題ではない。むしろそのほうが都合がいいだろう？　おまえは美人ではない」残酷に指摘され、プルーデンスは蒼白になった。「だがおまえと結婚するか、大切な家族がすべてを失うのを見るか、ふたつにひとつとなればニコロスはおまえを選ぶ――」

「いいえ……」プルーデンスは弱々しくつぶやき、あまりの屈辱にこぶしを握り締めた。

「そうするとも。彼は父親のような愚か者とは違う。強く、家族に忠実だ。そしておまえにはディマキス家の血が流れている。だから、ふたりにすばらしい機会を与えよう」

「それは違うでしょう……おじいさまはニコロスを脅してわたしと結婚させようとしているんだわ！」

テオは無情なまなざしで孫娘を見すえた。「見当違いの言いがかりは気に入らん。脅してはいない。頼みごとのお返しに援助を申し出ているんだ。いやなら、わしの寛大な申し出をことわればいい」

「どうか母を助けるために力を貸してください」プルーデンスは必死に訴えた。

「おまえの母親が刑務所に行こうが、酒の飲みすぎで死のうが、わしはかまわない。それを受け入れるのだ。なぜわしが気にする?」

「幼いわたしを抱えて生きるためにあれほど必死にならなかったら、母は今みたいに悲惨な状態に陥っていなかったかもしれないわ!」

テオ・ディマキスはあからさまな嘲笑を浮かべて腕時計を見た。「窓の外をごらん……」

プルーデンスは一瞬迷って立ち上がり、自然のままの庭を見下ろした。何を見ろというのかしら。頭が混乱して集中できない。やがて彼女は堂々とした玄関の前で待っているタクシーに気づいた。

「あれはおまえを空港に送るタクシーだ」

テオの望みどおりプルーデンスはぎょっとした。「今すぐ……わたしに帰ってほしいの?」

「荷造りはすんでいる。もしおまえがアンゲリス家の息子との結婚をことわったら、わしはすぐにおまえをイギリスに送り返し、二度と連絡をしない。さっさと心を決めて実行しなさい」

プルーデンスはパニックに襲われた。「こんな話を急に持ち出して迫るなんてひどい――」

テオは残酷な笑い声をあげた。「おまえこそひどいじゃないか。すばらしい未来を買ってやろうというのに、感謝の心ひとつ見せないのだから。母親のもとに逃げ帰るがいい。一生金の心配をせずにすんだと知って、母親がどんなに感謝するか！」

プルーデンスはひるんだ。母は女手ひとつで娘を育てたのだから報われて当然と考えるだろう。プルーデンスは自分のことを強く立ち直りが早いと思っていた。だが、祖父の底意地の悪さは恐ろしく、絶望に襲われた。おじいさまは本気だ。わたしがどうなろうとほんとうにかまわないのだ。わたしが言うとおりにしなければ、母に資金援助はしないだろう。

「ばかげているわ。ニコロスは百万年たってもわたしとの結婚に同意しないでしょう。彼はカシア・モリキスとデートしているのに……」

テオは肩をすくめた。「モリキス家の娘と寝ているのか。それが何か関係があるのかね？」

「だって、彼がカシアを愛しているのなら――」

「愛しているならどうなんだ？　おまえには関係ない。彼自身が決めることだ。彼は生粋のギリシア人だ。正直な話、家族の名誉と現実の経済的問題のほうが、今のベッドの相手よりはるかに重要だろう」

意外な事実にも祖父は冷酷なほど無関心だった。彼がニコロスの性生活に無頓着（むとんちゃく）に触れたので、プルーデンスは心底動揺した。

「あのタクシーで空港に行くつもりかね？」

プルーデンスは身を硬くした。ニコロスが結婚に同意するわけがない。彼とわたしを組み合わせようと考えること自体ばかげている。葦のようにすらりとした長身、みごとなプラチナブロンド、上品な人形のような顔立ち――カシア・モリキスはすごい美人だ。でも、なぜ起こりそうもないことに、わたしはやっきになっているのかしら。なぜ反対して祖父の怒りをあおるの？　母に何が必要なのかを第一に考えなくては。結婚をことわるのはニコロスにまかせたら？　未来の花婿が気乗り薄だからといって、まさか祖父だってわたしを責めないでしょう！

「答えなさい」テオが決然とした態度で迫った。

「わかりました……わたしは残ります」

「やはりな。わしがあの息子の名前を言ったとき、おまえが頬を染めたので、ほろりとしたよ」プルーデンスの目に苦痛と困惑が広がると、テオは笑ってブランデーをあおった。「恋愛の神エロスになった気分だ。わしの富がおまえの持参金になり、おまえは売れ残りになる屈辱から救われる」

その夜プルーデンスは豪奢なゲストルームのベッドに横たわったまま眠れなかった。巨大な屋敷はしんとしている。暑い気候に劣らず、贅沢(ぜいたく)で特権のある暮らしは性に合わない。ギリシアに着き、この世界に入った瞬間から、他人の夢のなかにいるような気がした。それも悪夢で、何もかもが――人々の振る舞いすらなじみがない。彼女は祖父を喜ばせようと力を尽くした。生まれつきの内気な性格を抑え、到着前から祖父が計画していた社交行事にも参加した。上流社会に加わるつらい外出すべてに、テオの友人の娘、十代のエイレーネが付き添い役を務めた。

上流向けの集まりでプルーデンスはひどく目立った。エイレーネは、富裕で甘やかされた若者たちからなるエリート仲間に属していた。彼らは最新ファッションに身を包んでパーティで無謀なゲームに興じ、世の中が退屈なふりをする。プルーデンスは彼らを愚かで浅はかだと思った。女たちからひどい意地悪をされ、こわばった微笑を浮かべながら何度となく悔しさを味わった。だが報復に出て、祖父に苦情を言いかねない相手を怒らせる危険は冒せなかった。母の絶望的な苦境を忘れるわけにはいかない。

有名なファッションモデルだった母のトリクシー・ヒルは、アポロ・ディマキスと出会って恋に落ちた。若いギリシア人プレイボーイは高価なプレゼントをたくさん贈り、結婚を申し込んだ。その後一年が過ぎるまで、享楽的なふたりはパーティからパーティへと世界中を自家用機で飛びまわった。トリクシーは恋人がもうすぐ夫になると信じ、モデル業を一時休んでいた。ところが彼女が妊娠すると、アポロ・ディマキスは父親に言われるまま約束を取り消した。トリクシーは中絶を拒み、アポロは彼女を捨てた。しかも自分の子を宿している母親に、出会ったとき彼女がバージンではなく、結婚前に公然と同棲したことで芳しくない評判が立ったと言って責めた。

不運な母が耐えたひどい侮辱を思い出し、闇のなかでプルーデンスは唇をゆがめた。一度も会ったことのない父は、偽善者で嘘つきの不快な人物だった。トリクシーは彼が子どもの父親だと証明するために裁判を起こすしかなかった。そして長い闘いで得たものといえば、情けない額の養育費で、不払いもしばしばだった。母が酒を飲みすぎるようになったのも、無理もないのではないだろうか？　七歳のとき、プルーデンスはしばらく養護施設に入れられた。トリクシーの転落の悲話を新聞が書き立てたことでアポロはいたたまれなくなった。彼は母娘にイギリスの片田舎の農場を与え、ふたりが家を失って別々に暮らさなくてすむように手を打った。母は違うだろうが、プルーデンスは田舎暮らしが気に入った。売られたり奪われたりする不安もなく、安全な家に住めることにたびたび感謝した。

そして母親の数々の恋愛沙汰(ざた)を見てきたので、男性に幻想も抱いていない。もしプルーデンスがニコロス・アンゲリスのことを考えるときに頬を染めていたとしたら、それは愚かで甘い白昼夢のせいだろう。おとぎ話は実生活では起こらないと痛切に感じている。金持ちは金持ち同士で結婚するのがふつうだし、金持ちの男性が貧しい女性と結婚するなら、相手は目の覚めるような美人というように、その差を埋め合わせるものを備えている。でも不運な母の場合は美しくても奇跡は起きなかった。同じように華麗な男性は華麗な女性と結婚しがちだ。そしてニコロスは目を奪うばかりにまぶしい存在だった。

　ニコロスの社交仲間の娘たちは彼に群がり、その一言一句に耳を傾けた。必死に彼の気を引き、彼を巡って争う——まるで飢えた女さながらの振る舞いだった。ニコロスが自分の魅力に気づかないはずがない。当然彼は畏怖(いふ)と賞賛と関心を集めた。バス一台分の寛大な妖精(ようせい)が、彼の恵まれた運命を祝福したかのようだった。彼はずば抜けて頭がよく、途方もなく傲慢(ごうまん)で誇り高い。ほかの娘たちが彼のカリスマ的な魅力に惹(ひ)かれたように、プルーデンスも強い感銘を受けた。けれども彼の美貌(びぼう)に対する害のない憧(あこが)れが見込みのない恋に変わったのは、ニコロスが見せた頑固なまでのやさしさのせいだった。

一度ならず友人たちが残酷なユーモアでプルーデンスを嘲ったとき、ニコロスが救いに来てくれた。なぜだろう？　付き添い役のエイレーネはプルーデンスを伴わなければならないことに苛立っていた。彼女はプルーデンスの魅力のなさや体重、安物の服、まぬけぶりを意地悪い冗談にして憎悪を表した。エイレーネの友だちもすぐに便乗した。

そんなときニコロスがすばやい機転をきかせて、彼女からみんなの注意をそらした。プルーデンスは心底驚いた。ニコロスは彼女など姿も見えず、注目にも値しないように振る舞っていた。ところが意外にも男性的な保護本能を見せられ、ひどく感激した。ニコロスはいまいましいほど尊大で横暴で傲慢だが、大胆で強靭で、堂々としていて男らしい。そんな彼が、祖父の投げる屈辱的な結婚という救命具を手に取るとは思えない。

二日たって祖父の書斎に呼ばれたとき、それが思い違いだったと知らされた。

「いっしょに来なさい」テオのあくの強い顔には胸が悪くなるほどの勝ち誇った表情が浮かんでいた。「ニコロス・アンゲリスが客間でおまえを待っている。今朝わしは彼の父親と弁護士に会った。重要な取り決めについてはすべて合意に達した。おまえの母親の借金は片がつく。わしが彼女のためのリハビリ・プログラムの資金を出す。そして今月中におまえとニコロスは夫婦になるのだ」

「ふ、夫婦に？」プルーデンスの全身にショックが走った。祖父が正しくて、わたしが間違っていた。ニコロスは家族を貧窮から救うためなら結婚もいとわないのだ。彼もわたしに劣らずそうするしかないと感じているのだろうか。経済的支援と治療がなければ母は確実に落ちぶれる。わたしもニコロスも忠誠心と善意から身動きがとれない。プルーデンスの心は沈んだ。彼がわたしとの結婚を望まないように、わたしも望まれない妻にはなりたくない。

「おまえはなんと幸運な娘だ！　花婿を待たせるんじゃないぞ」テオはばかにした作り笑いを浮かべ、気乗り薄の孫娘を客間にせき立てた。「せっかくつかまえたのだから、彼を網から逃すなよ」

プルーデンスが家具の多すぎる大きな部屋に入るなり、きらめく金色の瞳と目が合った。ニコロスは間違いなく祖父の言葉を耳にしたのだ。目をそらしたくても、プルーデンスの分別に欠ける部分がニコロスのすべてを見たいと願っていた。彼は白いシャツに仕立てのいいダークスーツという姿で、いかにも近寄りがたい。こんなふうに正装した彼を見るのは初めてだ。まるで葬儀に向かう装いだと考え、プルーデンスは憂鬱(ゆううつ)な気持ちでニコロスの平然とした顔を見つめた。気後れして敷物の角につまずき、小さなテーブルに腰がぶつかった。おぞましくも、狭い囲いに閉じ込められた子象のような気分だった。

「まあ……ごめんなさい」プルーデンスはつぶやきながら、揺れるテーブルをあわてて押さえた。

何も悪いことをしていないのに彼女は謝る。ニコロスは以前からそう気づいていた。プルーデンスの全身を下から上へとしげしげと見つめた。育ちは違っても、血は間違いなくディマキスだ。身長はニコロスの肩にも届かず、小柄でずんぐりしている。足首まで届きそうな茶色のスカートに、長くゆったりした白いオーバーブラウス。そして膝まで届く黒いラップカーディガン。老婦人のような重ね着だ。重ね着の下に何があるのかはわからない。彼は手に入れるものをきちんと見られるように全部脱ぎなさいと命じるところを想像した。彼女の祖父は反対しないだろう。ディマキスはたちの悪いろくでなしだが、孫娘が恋をして、その相手との結婚を強く望んでいるという厳然たる事実をくわしく説明した。

「わたしを見つめる必要があるの?」プルーデンスは身を硬くしてささやいた。

「今まで君をよく見たことがなかった」ニコロスは熱心に見るのをやめなかった。彼女は僕の妻になるのだ。僕がしたいようにする。当面はバクラバをメニューからはずすと知らせたほうがいいだろう。彼女は太ってはいない。少し丸みがあり、しっかりした体つきだというだけだ。ニコロスはそう自分に言いきかせ、胸のなかで採点した。つややかで豊かなイギリスの秋の色をした栗色の長い髪。よし、やっとプラスだ。桃色に染まった肌は完璧だ――これもプラス。冬の空を思わせる淡いブルーの瞳は悲しみに沈んでいる。

「お願い……」彼女はせがむように言った。

ニコロスはプルーデンスの目に涙が光るのを見て視線をそらした。見たくないものまで見せられ、気のきかない彼女に腹が立った。ギリシアの娘なら軽い食事でも用意し、彼の家族について礼儀正しくたずねるだろう。何が悲しい？ ロマンチックじゃない？ 僕にこれ以上何を求める？ 望みの夫が手に入るんじゃないのか？ テオは孫娘のために夫を買ったんだろう？ 屈辱的な考えが毒を塗ったナイフのようにニコラスの引き締まった長身の体を貫いた。

プルーデンスは震えていた。彼女は台にのせられた奴隷の少女のような気がしていた。ニコロスに歯を調べられなかったのが驚きだ。彼の揺るぎない自信にもびっくりした。こういう状況なので、お互いもう少し打ち解けられると思っていた。それなのにこの険悪な態度にはひるんでしまう。「こんなことは望んでいませんでした。もしほかの方法があったら……」申し訳なさそうな声は尻すぼみになった。

ニコロスの形のいい口元に皮肉っぽい表情が浮かぶ。「だが、ほかに道はない。条件について話そう」

プルーデンスの長い茶色のまつげが持ち上がった。「条件？」

「これは政略結婚で、僕たちはほとんど知らない。今はお互い正直になるほうがうまくいく」

プルーデンスは深く息を吸った。「友だち同士みたいに振る舞えないかしら？」

後ろでは両家の弁護士たちがまだ財政面の取り決めについて話し合っている。ニコロスの母は取り乱し、父は気がとがめて落ち込んでいる状況で、彼の耳にその質問はずいぶん愚直に聞こえた。ひどく頭が鈍いとしか思えない。「友だち同士は結婚して子どもなど作らない。君が夫の僕に何を期待しているのか知っておく必要がある」

子どもの話が出たので、プルーデンスはうろたえた。小柄な体が緊張する。「わたしは、あなたに選ばれた妻でないのは知っています。ふたりで暮らしていくうちになんとかなるんじゃないかしら」

「それでは混乱するに決まっている」

「だけどあなたはルールが嫌いでしょう」

深い洞察力に驚いて、ニコロスは鋭い金色の目でさっとプルーデンスを見た。彼女の頭はそんなに鈍くないと察し、困惑したように漆黒の眉を寄せる。

ニコロスはプルーデンスの手を取った。「祖母のものだった指輪だ。気に入らなければ——」

「いえ……すてきだわ」プルーデンスは頬を薔薇色に染め、喜びに包まれた。ルビーとダイヤモンドの指輪が、まるでそこがふさわしいかのように彼女の指にすっとおさまった。家宝を贈られたことに驚き、感激していた。「思いがけない贈り物だわ……」

「人生は意外性に満ちていると言って差し支えないだろう」ニコロスが婚約指輪を買うのをにべもなくことわったので、父はこのルビーを持っていくよう説得した。だが値打ちはあっても、ほかの人のものだった流行遅れの宝石を贈られたら、プルーデンスは気を悪くするだろうと父は予想していた。

「ありがとう……」プルーデンスの声が感極まってかすれた。彼女は指輪をあらゆる方向から眺め、ルビーの深紅の輝きとダイヤモンドのきらめきにうっとりした。指輪が彼女のために作られたようにぴったりだったことが、いい前兆に思えた。

ニコロスは彼女の感激した様子に当惑し、男らしく肩をすくめるだけで沈黙を守った。使い古した腕時計は別として、彼女が宝石を身につけたところは見たことがない。何も持っていないというのは、ありそうな話だ。突然ニコロスは彼女のためにちゃんとした指輪を買っていたらよかったと悔やんだ。「プディング……」彼は自分のものとは思えないぎこちない口調でささやいた。「そう呼んでもかまわないかい？」

「もちろん、いいわ。前から自分の名前が大嫌いだったの」気恥ずかしいあだ名も彼の唇から出ると、急に悪くない気がした。かわいいペットの名前のようだ。「わたし、できるだけいい妻になります」

ニコロスはうめき声をあげそうになった。彼女は僕から似たような言葉を聞きたいのだろうが、嘘はつきたくない。嘘がつけたとしても、清らかな身にはほど遠い。僕は彼女と結婚したくない。夫婦になりたくない。もちろん赤ん坊も欲しくない。その反駁（はんばく）できない事実は何ものも変えられそうにない。

そのわずか三週間後、手編みレースと高価な薄いシルクの海に埋もれそうなプルーデンスは、妻になるために祖父の腕に手をかけてバージンロードを進んでいた。しずしずと歩みながらも心は浮き立ち、愛する男性と結婚する喜びにあふれていた。楽観的な見通しを曇らせる疑いなど何ひとつなかった。

けれども一日が過ぎ、きびしい現実が将来に対するプルーデンスの薔薇色の希望に猛烈な打撃を与えることになった。何時間もしないうちに彼女の幸福も信頼も打ち砕かれた。披露宴で花婿が飲みすぎて人事不省になり、婚礼の寝室に運ばれるしかなくなったとき、ぶしつけにも笑ったのはテオ・ディマキスひとりだった。プルーデンスは耐えられないほど傷つき、屈辱を覚えた。ばか正直な自分が悔しくて、ふたりがほんとうの結婚をすると思い込んでいたことを忘れようと努め、良識ある態度を崩さなかった。何も起こらない新婚初夜は彼女の人生でいちばん長い夜になるだろう……。

1

「パーティには行けない」ニコロスはベッドに横になっている女性に告げると、彼独特の優雅でなめらかな身のこなしでスーツのジャケットを着た。

「お願い」素肌にターコイズブルーのシルクローブをまとったタニア・ベンソンが立ち上がり、最終兵器と言うべきスーパーモデルの体を見せつけるように彼の首に両腕をまわした。「ぜひ来てほしいの」

「そういう付き合いはしない」ニコロスはしつこい彼女に苛立(いらだ)った。ふたりはシンプルな関係で独占はしない。数カ月間連絡がとだえることもある。彼がタニアに会うのはパリやブリュッセルを訪れたときで、ニューヨークではアイスランド人のブロンド、ロンドンでは官能的なロシア人モデルと楽しんだ。

赤毛の女は口をとがらせた。「今まで何かをお願いしたことなんてなかったわ」

ニコロスは肩をすくめた。それはそうする必要がなかったからだ。彼は気前のいい恋人なのだから。

「去年も行けなかったじゃないの！」

「約束がある」冷たく突き放した口調だった。来るも帰るも僕の勝手だ。説明も弁解もしない約束で、ほかには何も望まない。パーティで大物実業家を射止めたと見せびらかされるのは願い下げだし、分別がない。有名人の集まるパーティに姿を見せたらゴシップ欄に写真つきで掲載されるのはわかりきっている。以前は自分の生き方が大衆の興味を引きつけることに、もっと無頓着(むとんちゃく)だったのだが。

にべもない返事に、タニアは憤然となった。「その約束が何か、わたしも知っているわ」

濃い金色の目がなかば隠れ、精悍(せいかん)でハンサムな顔の表情が閉ざされた。「リムジンが待っているから」

「奥さんの誕生日でしょう？」

ニコロスの視線が冷ややかになった。彼はカシミアのコートを取り上げて戸口を目指した。

「もう行かないと」

「雑誌で彼女の写真を見たわ。おかしな花柄の長靴にウールの帽子姿で兎を抱いて……。わたしより彼女がいいなんてどういうこと？」

ニコロスのブロンズ色の肌が怒りで青ざめた。彼はふたりの関係はもう終わりで二度と訪ねないとはっきり告げて部屋を出た。そしていつもは冷静な目に怒りをたたえたまま、豪華なリムジンに乗り込んだ。花柄の長靴は彼が妻のために選び、喜んでもらえた数少ない贈り物のひとつだ。タニアはよくも彼女を冷笑できたものだ。プルーデンスの話は家族とすらしたことがない。だが彼の結婚は人々の好奇心をかき立てる。八年近くほとんど別居状態なのだ。

歳月が流れても、ニコロスの胸から悲惨な結婚式の思い出は消えなかった。あの夜の行動を思い出すと、強気の彼らしくもなく罪悪感と不安に襲われる。ニコロス自身はあまり考えたくなかった。考えてもしかたがない。プルーデンスはあの夜のことは話すのもいやがり、ニコロスもそれを受け入れるしかなかった。彼女の苦悩を見れば、何も言えなくなった。弁解しようにも彼女は聞きたがらないし、彼は彼でプライドが高すぎて結婚式の夜に何があったのか覚えていないとは認められなかった。記憶がとぎれているあいだ、自分が何を言い、何をしたのかわからない。卑劣にもベッドで彼女に八つ当たりをしたのだろうか？　手荒な真似をしたのだろうか？

今でも落ち込んだときにはその懸念がよみがえり、いやな予感がした。自分の欠点はよくわかっている。ニコロスはまさに悪魔のような気性だった。厳格で、近年では冷たく容赦がないと言われる。テオ・ディマキスとのやり取りでは、そういう態度をとる必要に迫られた。ニコロスが強く無情な性格でなかったら、いまだに義理の祖父に頼っていただろう。だが彼はテオに負債を返して家族の安全を確保し、自由を買い戻した。そして最適な機会をとらえ、〈ディマキス・インターナショナル〉と別れた。

ニコロスが大切に思う人はわずかしかいない。その数少ない人たちを助けることには力を尽くすが、ほかの人々の窮状には無関心だ。それでもプルーデンスと過ごすときは実際より柔和でやさしく、情け深い男になるように心がけた。彼女の性格はニコロスとは正反対で、押しの強さも狡猾さもない。実際、人間の悪は彼女にとって常に衝撃だった。慎ましやかで、規律正しい生活を送り、利己的ではなく、どこまでも思いやりがある。動物専門の看護師の訓練を受けて、今は彼女の運営する施設でかわいそうな動物たちに余暇を捧げている。ニコロスは陰ながら、人を疑わない性格につけ込もうとする人々からプルーデンスを守ってきた。もちろん彼女を大切に思っている。彼女は妻だ。別居状態を終わらせて結婚生活に落ち着く日も近いかもしれない。

プルーデンスは誕生日の朝六時に起き、いつものようにベッド脇の最高の位置に飾ってあるニコロスの写真に目をやった。雨で乱れた黒髪、きらめく金色の瞳、ブロンズ色の肌に映える真っ白な歯――ニコロスは笑いながらキッチンで雨のしずくをぬぐっていた。去年何度か短い滞在をしたときの一枚だ。アルバムやスクラップブックに写真、タブロイド新聞の切り抜き、思い出のものを集めていたときもあった。彼女は長いあいだ、女学生のようにひとりだけの秘密のファンクラブを続けていたのだ。

会うのは年に数回だが、ニコロスはいつもプルーデンスの世界の中心にいた。母は徐々に衰弱していき、去年他界したが、つらい時期には電話で聞いたニコロスのセクシーな声と、彼が雇うと言って譲らなかった看護師のおかげでくじけそうな心も元気になった。ロンドンで過ごした日々は楽しかった。よくニコロスと待ち合わせて昼食をとり、彼の最新のオフィスや入手した買収先を案内してもらった。妻としてニコロスと暮らしてはいないが、新婚初夜の幻滅を乗り越え、友人として彼の信頼を勝ち取るだけの大人になったことは誇りに思っている。

母が亡くなって初めて、自分には何が必要で、何がいちばんためになるかを考える時間ができた。そしてまずアルバムとスクラップブックを箱づめにして片づけた。ニコロスの女性の好みに病的な興味を抱き、少女っぽい片思いの炎を燃やしても自分のためにならない。その事実を受け入れてからは、動物保護センターの仕事に没頭した。ニコロスのことも彼に対する憧れも過去のものとして乗り越えた。それはとても誇らしいが、どうすれば自分が幸せになれるか、しだいにわかってきた。ほんとうに幸せになるには、ありあまる愛情をそそげる子どもが必要だ。幸い、医療科学のおかげでニコロスに頼らなくても母親になる夢はかなう。

ついに母親になる夢がかなうと思うと胸が弾む。プルーデンスはニコロスの写真をベッド脇の飾り棚の引き出しにしまった。まず彼と離婚しなくてはならない。心構えはできている。でも離婚したら彼はわたしの前からいなくなる。ニコロスが定期的に連絡してくるのは義務と責任感からだ。だから、もうすぐ彼に二度と会えなくなる……。

寝室のドアをノックする音がして、プルーデンスは心乱れる考えから引き戻された。小柄で丸々と太ったドッティが満面の笑みで朝食のトレイを運んできた。彼女は五十代の元気のいい女性だった。

「ドッティ……そんなことしなくていいのよ」

「サムともどもこんなにお世話になったんですよ。それ以上聞きたくありませんね。あなたのお誕生日なんですから、楽しんでください！　今日はわたしたちが動物たちのお世話をしますから――」

「だめよ。もうすぐレオが来るし、あとで獣医もやってくるわ。わたしが外に出ているあいだ、あなたたちは忙しいはずよ。朝食だけでもうれしいわ」

クレイグヒル農場の小さなコテージを借りているドッティとサムの夫婦は、それでもカードと贈り物を持ってきた。プルーデンスはいつもより遅く朝の餌やりに取りかかった。

「すると……今日は重要な日だね」手伝いに来たレオ・バーリーが言った。「発射準備、完了？」

「からかわないで」プルーデンスは背の高い金髪の教師を楽しげににらみつけると、年老いたつがいのろばに飼料を与えた。動物保護センターにはボランティア当番表があるが、レオは常連で、誰よりも知識がある。牧草地ひとつ隔てた先に住む彼は、この数年でプルーデンスのいちばんの親友になっていた。「わたしが計画を話しても、ニックは顔色ひとつ変えないでしょうね。彼は平気よ」

「彼が選ぶ分にはね」レオが皮肉っぽく口をはさんだ。「だけどもし彼が妻にも同じように開放的な考え方を許したとしたら、僕は驚くね」

「わたしをそんなふうに呼ばないで」プルーデンスは飼料にりんごとにんじんを入れてから次の小屋に移り、運ばれてきたばかりの親のない子狐の世話をした。「彼の妻だったことは一度もないのに」

「だが彼はインタビューで君を妻と言っている」

「それはジャーナリストがくだらない詮索をするから、しかたなくそのふりをしているだけよ」

「芝居じゃないのかも。彼は古くさくて時代錯誤の、最高にセクシーなギリシアの大実業家で――」

「ニックは全然古くさくないわ」

「そうかな？　家族のために結婚するなんて信じがたいほど古くさいと言う人もいるだろう。だが、彼はそうしたんだ。それに彼は愛人がたくさんいて、悪びれることなく君を妻とみなしている――」

「ニックはわたしを友だちと考えているわ。ただ二、三年前……」プルーデンスは下を向いた。愛人の話はしないでほしかった。この話題が出るといつも胸が悪くなる。「祖父の会社と手を切っても離婚を求めなかった。わたしの気持ちを知っていたから」

「君はその時点でニックを責任から解放したわけだ」レオは考え込み、子狐の世話をするプルーデンスを見守った。「彼と別居し、お母さんのために帰国した君を、おじいさんは責めなかったのかい？」

「その段階では、わたしが何をしようと祖父はどうでもよかったと思うわ」

同じ年、祖父のテオは仲違（なかたが）いした妻との離婚手続きを始めた。ところが、その妻が妊娠を宣言した。テオはわが子ができたことを喜び、ニコロスとプルーデンスに跡継ぎを作らせる計画に興味を失った。それが最近ＤＮＡ検査で息子が彼の子でないとわかり、泥沼の離婚劇が展開された。プルーデンスは心から同情をこめて手紙を出したが、祖父の返事はまったく感じのいいものではなかった。

「夫としてニックは君の計画に違った見方をすると思うよ。精子バンクの話を持ち出してみたらいい」

プルーデンスは居心地悪そうに頬を染めた。「今はそこまで話すつもりはないわ」

ニコロスは一時に着くはずだった。けれども動物保護センターの犬を譲り受けたカップルがまた訪ねてきたために、プルーデンスの予定は大幅に狂った。ブラウスにグレーのロングスカート、最近外出着にしているジャケットを着ると、大急ぎで短い爪にマニキュアを塗った。誤ってブラウスとスカートにピンク色のマニキュアをつけてしまったときには悲鳴をあげそうになった。頭上でヘリコプターの音がする。衣装だんすを探しても改まった服はないので、庭に出るときに着るチェリーレッドのサンドレスを身につけた。スカート部分は大きくふくらんで丈は足首まであるが、肩と腕はほとんどむき出しだ。プルーデンスは鏡に映った姿に顔をしかめ、ブリザードにでも立ち向かうようにライラック色のパシュミーナのストールを体にきつく巻きつけて結んだ。

彼女は体を覆い隠すのが好きで、容姿に注意を引きそうな服装は嫌いだった。母はブロンドでほっそりした自分の美貌を受け継がなかったひとり娘に失望し、涙を見せたこともある。プルーデンスは不器量な自分を受け入れ、外見についてはほとんど考えなかった。身長は百五十八センチ、胸は豊かで腰は張っている。幸い、悩みの種の思春期太りは十代とともに消えたが、少女時代に思い描いていた脚が長くて背の高いすらりとした容姿になる夢は破れた。

ヘリコプターが家の横の囲いのなかに着陸した。一流デザイナーのチャコールグレーのスーツに身を固めたニコロスは、ヘリコプターを降りて玄関に向かった。納屋から干し草の山を抱えた男性が出てくると、うなずいて挨拶を交わし、呼び鈴を押した。彼が裏口にまわろうとしたとき、息を切らして頬を紅潮させたプルーデンスが現れた。「ニック……」

「プディング……」ニコロスは身をかがめて彼女の両頬にキスした。プルーデンスの栗色の髪が揺れ、快い花の香りが漂ってきた。後ろに下がりながら、彼は数年ぶりに妙な気づまりを感じた。パシュミーナはふつう結ばないでゆったりまとうものだと言うべきだろうか。いや、やめておこう。

プルーデンスは青い瞳でニコロスを一瞥して目をそらした。相変わらず彼はまぶしいほどだ。豊かな短い黒髪は陽光で輝き、彫りの深い古典的な顔立ちと濃い金色の瞳が際立って見える。

彼はとても背が高く、体格がいい。プルーデンスは息切れを感じた自分に苛立った。彼には何も感じたくなかった。友情に性別がないのは、ずっと前に受け入れたことだ。

「レオに言い忘れていたことがあったわ。ちょっと失礼するわね」プルーデンスはあえぐように言い、先ほどニコロスが行き合った男性を急いで追った。

レオ？　レオは老人では？　プルーデンスがよくその名前を口にしたのでニコロスにも覚えがあった。彼はハンサムな金髪の男性を注意深く見た。プルーデンスが信頼した様子で気楽に男の腕に手をかける。彼女が何か言われて笑ったとき、ニコロスは身を硬くし、形のいい漆黒の眉を寄せた。

「あれは誰だ？」ヘリコプターに引き返しながら、ニコロスはプルーデンスにたずねた。

「レオよ。あなたたち、まだ会っていなかったのね！　紹介するべきだったわ――」

「今はいい。彼は七十五歳くらいだと思っていた」

「それはお父さまのほうのレオよ。彼はすてきなおじいさまだったわ。毎日うちに寄ってくれたのよ」プルーデンスは悲しそうに吐息をもらした。

「前にもそう言っていたね……それですてきなおじいさまはどうしたんだい？」

「二年前に亡くなったの」

「彼の息子とずいぶん親しそうだね」

「当然よ。彼は昔からお隣さんで、たぶんいちばんの親友ね。わたしは彼が大好きなの」

ニコロスの顔がこわばった。もちろん何もないのはわかっている。プルーデンスはそんなタイプではない。真正直でガードが堅く、男性より動物保護と庭に興味がある。もちろん夫は別だ。だが、男女間に真のプラトニックな友情が存在するとは思わない。そういえば彼女はずいぶん長いあいだひとりだった。

ヘリコプターが向かったカントリーハウスの高級ホテルでは、みごとな磁器、クリスタルグラス、キャンドルで飾られた個室のテーブルが待っていた。フランス窓が開け放たれ、石造りのバルコニーから川が見渡せる。料理を選んだあとプルーデンスはオレンジジュースのグラスを手に外に出て、緑豊かな田園風景を眺めた。日なたは暑く、パシュミーナの結び目を解いた。ふたりが会うとき、ニコロスはいつもこういう機会を作ってくれる。プルーデンスは悲しみを抑えた。彼に会えないと寂しくなる。でも女性のための特別な演出など、ニコロスにとってはたやすいことだ。プルーデンスのやさしい瞳が冷ややかな鋼のようになった。愛人が何人もいれば、女を引きつける魅力だって磨かれるだろう。

ニコロスがやってきた。「誕生日おめでとう」

「今はそれは忘れましょう。あなたに大切なお話があるの。お食事の前に話しておきたいわ」

プルーデンスは顎を上げ、ややぎこちなくほほえんだ。「わたしたちが結婚したのは実際的な理由からだった」

ニコロスはぎょっとした。ふたりの会話はいつも差し障りのない安全な話題だったのに。彼は動きを止めた。「僕ならそんな言い方はしない――」

「言い方はどうでもいいでしょう。わたしはただ、そろそろ離婚するときだと言いたいの」

突然襲った静寂がプルーデンスの耳には嵐（あらし）の前の不気味な静けさのように思われた。

「離婚？」ニコロスは鋭い目を向けた。「どういうことだ？　どこからそんなばかげたことを思いついた？」

今度はプルーデンスが当惑してまばたきした。「どうしてこれがばかげたことなの？」

「僕の一族は離婚はしない」

「そう？　あなたの一族でなくてよかったわ！」

ニコロスは手すりにもたれて彼女をじっと見つめた。「君は僕にひどく腹を立てているね」

「それは言いすぎよ。苛立っているだけ。あなたが必要もないのにささいなことに騒ぎ立てるから」

「いつから結婚がささいなことになったんだ?」

プルーデンスはニコロスの挑発に乗らなかった。「これはまともな結婚ではなかったので、なんとも言えないわ。とにかくわたしはもう離婚したいの」

濃い金色の瞳が彼女に向けられる。「なぜ?」

ニコロスの怒りが空気を震わせるようだった。母親になる夢を考えてプルーデンスはもじもじした。こんな状態の彼に打ち明ける気にはなれない。「あなたに理由を話す必要はない――」

「あるとも」その口調はきびしくすごみがあった。

ニコロスがこんな態度に出ることはなかった。プルーデンスは憤慨した。「いいえ、必要ないわ」

ニコロスはいきなり両腕を大きく広げて、ギリシア語で荒々しくまくし立てた。「どうしたというんだ？　どこからこんなことを思いついた？」

プルーデンスは唇を結んで肩をすくめると、背を向けて流れの速い川を眺めた。「わたしをまぬけ扱いしないで」

「そんなことはしていない」

「しているわ！」

ニコロスは我慢強いのが自慢だった。まさかプルーデンスに我慢の限界まで追いやられるとは思わなかった。彼は怒りに燃える目で妻を見つめた。彼女は気づいていないが、パシュミーナがすべり落ち、なめらかな肩とクリームのような白い胸があらわになっている。ニコロスは見つめずにはいられなかった。こんなにしっかり彼女を見たのは結婚式以来だ。あのときは教会で、ウエディングドレスの胸元からのぞく豊かなふくらみに欲望が込み上げ、困惑した。プルーデンスはぴったりしたセーターを着て人気を集めた一九四〇年代の映画スターのような豊かな胸を備えている。突然彼は話に集中するのがむずかしくなった。「僕は誕生日を祝おうと誠実な気持ちで君をここに連れてきた。それがいきなり――」

「状況が変わってずいぶんたつし、法律上の関係を解消するのは完璧に筋の通った提案でしょう」

「その理由は？　この質問は完璧に筋が通っていると思うが」

プルーデンスの顎が上がり、青い目が反抗的な光を帯びた。「あなたには関係ないわ」

ニコロスは耳を疑った。「ぜひとも聞きたい」

プルーデンスの胸に怒りがわき上がった。そんなに真実を知りたいのなら、正真正銘の真実を話してあげるわ。「わかったわ」

「食事をしながら話そう」ニコロスが彼女を促して室内に戻ると、最初の料理が待っていた。

プルーデンスは腰を下ろした。すでに怒りはしぼみ、ニコロスと対決したいという不慣れな気持ちととげとげしい空気に動揺した。彼がとても好きなのに、ふたりの友情を壊しても意味がない。プルーデンスは申し訳なさそうにこわばった笑みを返し、みずみずしいメロンをフォークで刺した。「わたしたちがいさかいをするなんて信じられないわ」

「信じるんだね」ニコロスは食欲を失っていた。心とは裏腹に、もの憂げに椅子の背にもたれる。すでに彼は芯から動揺するような結論を導き出していた。プルーデンスには男がいる。そうに違いない。急に離婚を迫る理由はほかに何がある？

プルーデンスはまつげの陰からニコロスをうかがった。彼の瞳は燃えさかる炎のように悶々とした気持ちを映し出している。琥珀と純金が混じった瞳はあまりにも長いあいだ彼女の心を離れなかった。ここで最後の絆を断ち切るのが健全だ。彼の人生の端に未練がましく居座るなんてみじめでしかない。

「そんなに気を悪くすることはないわ」彼女はそっとつぶやいた。「あなたのことは大好きよ」

「君は猫も犬も狐も穴熊もろばも馬も大好きだろう。実際、会ったほとんどの人が好きなんだから」

ニコロスがばかにしたように受け流したので、プルーデンスは赤くなった。「あなたも離婚を望んでいると思っていたわ。わたしから切り出したということ以外に、何が問題なのかしら。ほかの人たちのような結婚でもなかったし……」

ニコロスは考え込むようにプルーデンスを見つめた。「誰が決めたんだ？」

彼女の額にしわが寄った。「なんですって？」

「始まってもいない結婚を終わらせると決めたのは誰なのかと僕はたずねている」

「お互い同じ気持ちだとずっと思って――」

「ほんとうかい？」ニコロスの深みのある声があまりに静かで、プルーデンスは身を乗り出した。視線は彼の精悍な顔に釘づけになった。「だが、夫婦の寝室を別にしたのは君だ。僕がキスしようとすると、ヒステリックになったのも、口実ができるなりギリシアを出て戻らなかったのも君だ」

今度はプルーデンスが耳を疑い、目を丸くした。「あなたは文句を言っているの？」

「僕は文句を言える立場ではなかった」

プルーデンスには、彼が何を言っているのかわからなかった。ただ、ギリシアを離れる前のつらいみじめな気持ちは思い出したくない。彼女の顔はこわばり、胃が締めつけられた。「文句があったとはとても思えないわ、ニック。ああいったことを批判するなんてずいぶんしらじらしい――」

「事実だろう？」

「ええ、そのとおりよ。正直言ってなぜあなたがこんな態度をとるのか、わたしにはわからないわ」プルーデンスは震える声で非難すると、突然椅子を引いた。「母の病気でわたしがあなたの前から消えたとき、あなたはずいぶんほっとしたはずよ」

「そんなことはない」

プルーデンスは真っ赤になって震えていた。苦痛と屈辱にまみれた結婚の話題になると、たちまち自分を抑えられなくなる。「悪いけど、結婚の契りを果たしたくないためにわざわざ泥酔までした男性が否定しても説得力がないわ！」

その刹那ニコロスは石と化したようだった。次の瞬間立ち上がるやプルーデンスに近づき、百九十センチを超す長身の体から見下ろした。その神秘的な美貌は近寄りがたい。彼はくぐもった声で問いつめた。「もう一度言ってくれないか……」

「いやよ」プルーデンスは思わず立ち上がり、あとずさりした。自分が信じられなかった。動転するあまり八年前の屈辱的な事実を口にしたのだ。

濃い金色の目が彼女の当惑した顔を見すえた。「結婚式の夜、僕たちのあいだには何もなかったというのか？　何も……まったく？」

「あなたがそれを知らなかったとは思えないわ」プルーデンスはうつむき、爪先に向かって話した。

燃え上がる火の玉のように怒りがニコロスの全身を駆け抜けた。頭がくらくらする。生まれてこのかた、これほど激怒したことはない。だが今の話で、長年暗い亡霊のように彼につきまとっていた罪の意識は消えた。新婚初夜、怒りや欲望にまかせて花嫁に触れるようなことはなかったと知り、驚くほどの解放感を覚えた。ウエイターがワゴンで料理を運んでくると、ニコロスはすばやく首を振って下がらせた。そしてプルーデンスの手を取って部屋から連れ出すと、ホテルのマネージャーに予定変更だと告げた。後ろにボディガードたちがいてはプライバシーは守れない。彼はプルーデンスにひとことの説明もしないでヘリコプターに戻った。

どうなっているの？　どこに行くの？　昼食は？　なぜあなたはこんなふうに振る舞うの？　さまざまな疑問がプルーデンスの脳裏をよぎった。だが、用心深く沈黙を守った。この年月、ニコロスは初夜に何もなかったことを思い出して大笑いしていたんでしょう？　いいえ、それは彼らしくない。彼女の知っているニコロス・アンゲリスはもっと冷淡だ。

クレイグヒル農場の家に戻ると、ニコロスはドアを大きく開けて居間に入った。怒りに燃える彼のまなざしに、プルーデンスは溶けてしまいそうになった。「この八年間、僕が起こりもしなかったことで自分を責めてきたのを知っているかい？」

プルーデンスは当惑して眉をひそめ、彼を見返した。「なんの話かしら。どうして責めるの？」

ニコロスが前に進み出た。大柄な彼の存在感が部屋全体を圧している。「結婚式の翌朝目覚めたとき、僕は裸だった」

「あなたのお友だちがそうしたの――」

「ベッドのシーツが取り替えられていた……」

「あなたに水を一杯頼まれて、それをベッドにこぼしたから取り替えたのよ。あの夜あなたは飲みすぎて、翌日には何も覚えていなかったというの？」

「今でも記憶は空白だ。披露宴など夜の部分は何も覚えていない。翌朝遅く目覚めるまでまったく意識がなかった……。あのとき、そう言っただろう」

プルーデンスは目をそらした。全身が緊張でぴりぴりする。気分が悪くなるほど部屋が暑く感じられ、中庭に出るドアを開けてテラスの涼しい空気を入れた。「それはただの言い訳だと思っていたわ。ごまかすために言っているだけだと――」

「なぜ僕が嘘(うそ)をつくんだ？」

「人はお酒を飲みすぎるとそうするものよ――」

「君の母親はしらふだろうと酔っていようと問題があった。だから彼女と比べるのはやめてほしい」

「そんな言い方をしたら母がかわいそうよ」けれどもプルーデンスはニコロスと母親が水と油のように合わないことに気づいていた。トリクシーは、結婚して裕福なアンゲリス一族になった娘が、夫からの手当を拒み、結婚から利益を得ようとしないことにひどく憤慨した。そして訪ねてきたニコロスにとげとげしい言葉を浴びせたため、プルーデンスは彼にロンドンで会いましょうと提案したのだった。

ニコロスはきびしい濃い金色の目で彼女を見すえた。「記憶がないと言ったのは嘘ではない――」

「そうかもしれないけれど、当時のわたしは嘘でないとわかるほどあなたをよく知らなかった」

怒りはおさまらず、ニコロスは後ろに下がって背を向けた。「結婚式の翌日、君は僕を避けた。僕と目を合わそうとしなかった。僕が手に触れることすら君は耐えられなかった」

「こんな話はしたくないわ！」あの日拒絶された苦悩がよみがえり、プルーデンスは憤った。その事実を受け入れて生きるすべを学んだが、こんなつらい恋をした自分がいまわしい。

ニコロスは大柄な体格にしては驚くほどの軽やかさでくるりと振り返った。「とんでもない。話してもらうよ。今回は、君の礼儀作法に従ってセックスの話を避けるつもりはない」

ニコロスの攻撃的な態度と敵意にプルーデンスはすっかり狼狽し、震える息を吸った。「あなたは礼儀正しくするのは苦手ですもの――」

「君は何かといえば、それを持ち出す」ニコロスはもの憂げにプルーデンスのまわりを歩き、彼女の髪にそそぐ陽光が金色と琥珀色の縞模様を描くさまを見守った。これほど自然で豊かな髪を最後に見たのはいつだろう。「だが僕はもう我慢はしない」

ニコロスの視線が妙に気になり、プルーデンスは体をこわばらせた。「いさかいは望んでいないわ」

「僕の望みはどうなる？」鋼を切るダイヤモンドのようにニコロスは容赦なく反撃した。「君はあの夜、僕がみずから酔っぱらったかのように話している。僕の飲み物には強力なものが仕込まれていた」

「あのときもそう言ったわね」

ニコロスは笑った。「その話も信じなかったのか」

「ええ、そうよ」

「だがそれは事実だ。誰かが僕の飲み物に薬を入れた。冗談だったと思うが、僕たちにとってはおもしろくもない。おかげで結婚式は台なしだ。僕は恥をかき、ふたりのあいだは面倒なことになった」

プルーデンスは顔をそむけた。すでにその話を信じる気になっていた。式に参列した誰もがふたりの結婚の理由を知っていて、ニコロスはみなの同情を集めた。よそ者のうえ、人望のない男性の孫娘のプルーデンスは嫌われていた。だからといって、結婚式の夜に冗談でニコロスを人事不省に陥らせるものだろうか。それとも彼のためにしたこと？　確かにニコロスは花婿として振る舞える状態ではなかった。花嫁が不器量で魅力がなければ、不愉快な務めを避けられたらうれしいはずだと考えた人もいたかもしれない。あの夜聞いた忍び笑いを彼女は死ぬまで忘れないだろう。

「わたしのほうがもっと恥をかいたわ」あふれる涙を抑えきれず、ふいに彼女は向きを変えて庭園に急いだ。りんごの木の下で足を止めて新鮮な空気を大きく吸うと、懸命に落ち着こうとした。

「どうしてそういう結論になるんだ？」

プルーデンスはぎょっとして振り向いた。ニコロスがテラスに出ていた。圧倒されそうな美貌に目の焦点が合ったとき、彼女は激しい苦痛に身をさいなまれた。「家族も友だちも、わたしと結婚するしかなかったあなたを気の毒に思ったのよ。わたしとベッドをともにしなくてはならないからあなたが酔っぱらったとしても、誰も驚かなかったわ」

ニコロスの彫りの深い整った顔にうっすらと赤みが差した。プルーデンスにそんなひどい男だと思われていたことに当惑していた。「何もないのに、よくもそんな話が作れるものだ」

「何もないわけじゃないわ」正直に話すべきではなかった。プルーデンスはうなだれて室内に戻った。じっとしていられなかった。過去に引き戻されるのはいやだった。恋に破れた苦悶を思い起こしても、なんにもならない。十代の少女の夢の結婚式は、ゴシック小説ばりの悲劇で終わったのだから。

「恥をかいたと思ったから、あの夜起こったことを話し合いたくなかったのか？」

「ずいぶんしつこいのね」

「意外かい？　何があったか僕は知らなかったし、君は話そうとしなかった。だから僕は最悪のことを考えた。翌日の君の振る舞い、態度から、手荒な真似をしたに違いないと思った……」

「手荒な真似？」

「ベッドで……君を傷つけて不快な思いをさせ、いやがることを無理やりしたと思ったんだ！」ニコロスはもどかしさと嫌悪で声を荒らげた。「まったく何もしなかったとは考えもしなかった」

プルーデンスは目のやり場に困った。顔はほてり、薔薇色に染まる。「あなたがあんなでは、わたしも拒んだでしょうね――」

「だが僕のほうがずっと大きく力が強い」ニコロスは陰鬱そうに言った。「君はバージンで、僕はそれを思いやれる状態ではなかった。翌朝君が目を合わせなかったとき、僕は強姦犯のような気がした」

プルーデンスは立ちすくみ、目を丸くしてニコロスを見た。「まさか……嘘でしょう？」

きらめく金色の瞳が彼女に鋭くそそがれる。「ほかにどう考えようがある？　僕がひどい状態だったのは明らかだ。僕がキスをしようとすると、君は泣き出して鉄砲玉のように飛び出していった。そして隣の寝室に鍵をかけて閉じこもった……」

プルーデンスは乱れた息を吸い込んだ。自分の行動がどうして誤解を招いたかを悟り、気がとがめた。ニコロスがあの夜のことを覚えていないなら、わたしがその空白を埋めてあげるべきだろう。

「披露宴で酔いつぶれる前だけど、あなたの姿が見えなくなったので、捜すことにしたの。あなたはカシア・モリキスといっしょにいた」プルーデンスは感情を表さない淡々とした口調で言った。

ニコロスは漆黒の眉をひそめた。「その部分は空白ではない。それは覚えている。カシアは取り乱していた。騒ぎを起こされて大勢の人たちを困らせたくなかったから、彼女を会場から連れ出したんだ」

プルーデンスは唇の内側を噛んだ。ニコロスがまったく違うことを言い出すのはわかりきっていたのに。自分を守るとなれば、彼は光よりも速く動く。「わたしが見たとき、あなたたちはロミオとジュリエットのように抱き合っていたわ。とても何もなかったとは思えないけど」

「なぜあのときに何も言わなかった？」ニコロスはかっとなった。「僕からすれば何もなかった――」

「あなたはキスしていたのよ！」

ニコロスはプルーデンスの非難のまなざしを受けとめた。彼女の唇はなんと魅惑的でセクシーなのだろう。「カシアは泣きながらキスしてきた……僕は押しのけたんだ」

「もうどうでもいいの」プルーデンスの頬は真っ赤になっていた。「今は離婚してほしいだけ」

「だめだ。君はアンゲリス家の人間で、僕の妻だ。この会話そのものが不愉快だ――」

「いいえ、違うわ。不愉快なのはあなたよ。離婚できないと言う権利があると考えるなんて」

ニコロスは肩をいからせた。深く吸った息を、ゆっくりと慎重に吐く。「離婚について話し合う前に、結婚を試してみるべきだと思わないか？」

2

その言葉のあとに広がった静寂のなかでは、羽根が落ちる音も巨岩が落ちたように響いただろう。

心を揺さぶられたプルーデンスは口を開けて閉じ、ニコロスの視線が唇に釘づけになっているのに気づいて赤くなった。なぜ彼は見つめているのかしら。彼女は眉をひそめてニコロスを見た。彼があんなことを言うはずがないでしょう？　もし言ったとしても、わたしが意味を取り違えたのよ。

これでは伝説的な交渉術が泣くと悟り、ニコロスはやり直した。「よく考えてごらん。八年前僕たちはまだ子どもだった。だから、しなければならないことを形式的にしただけで、いっしょに住もうとすらしなかった。だが僕たちは大人で、賢くなった」

プルーデンスの体のなかでは、今にもロケットが発射しそうな感じだった。その衝撃は手に余るほどで、彼女はきつく目を閉じた。彼はどうしたというの？　八年間もわたしに関心を示さず、胸の張り裂ける思いをさせておいて、今さら靴を履き替えるように結婚を試そうと言い出すなんて。声を限りに叫びたくなる。でもその前に、わたしのかつての願いを提案したニコロスの息の根を止めなくては。今ならわたしにも彼に別れを持ち出す強さもある。プルーデンスは木製の収納箱の中身を思い浮かべた。古い苦悶がよみがえり、早鐘を打っていた心臓が今度は止まりそうになった。街を歩けば男も女も振り返るほどハンサムな男性には、わたしは身長もスタイルも美貌も足りない。

「せっかくだけど」プルーデンスは欲しくない飲み物でも勧められたかのように言った。

ショックがニコロスの金色の瞳を陰らせた。即座にことわられるとは信じられない。プルーデンスは別れるつもりなのだ。心の奥底では、ニコロスもいずれ彼女と落ち着いた生活を送ることになるとわかっていた。それを疑ったことはない。考える必要すらなかった。彼の心の準備ができるまで、プルーデンスは待っていてくれる、彼女には聡明な女性ならではの揺るぎない我慢強さがあると思っていたのだ。

「自分が何を言っているのかよく考えてごらん」ニコロスはハスキーな声で迫った。「君と僕は、もう結婚している――」

「書類上のものでしかないわ――」

「だが、それを本物にできる」ニコロスがやわらかな口調で言った。ギリシア風アクセントの深い響きが、気象警報のようにプルーデンスの緊張した背筋を伝わった。

彼の強烈なカリスマ性に負けないために、プルーデンスは山ほど経験を積んだ。昔はニコロスの一瞬の笑みや温かなまなざしをほんの少し見ただけでも愚かな胸は高鳴った。けれども、今は違う。

「わたしは本物にしたくないの」

ニコロスが手を伸ばしてプルーデンスを引き寄せた。理性は、体を引いて笑い飛ばし、うまく切り抜けなさいと命じている。だが、それには問題があった。彼女はそうしたくなかった。潜在意識のささやく声がする。ニコロスに抱き寄せられるのはどんな感じかしら。知りたいと思うのは当たり前のことよ。

「僕はロマンチックなことが苦手かもしれないが……ほかの分野は得意だ」

「ずいぶんと控えめな言い方ね」緊張と期待でプルーデンスはほとんど息ができなかった。頭は混乱して働かない。ニコロスの長い指が彼女の頬を撫でて髪のなかに分け入り、顔を上げさせた。

「謙虚でいても闘いに勝てない」ニコロスは頭を下げた。「もし今度君が逃げたら、僕は追いかける」

胸の頂が敏感になってうずいている。プルーデンスは頬を赤く染めた。彼女がニコロスに手をかけようとしたとき、彼の唇が重なった。親密で快い感覚が広がり、プルーデンスはニコロスの上着をつかんで体を支えた。胸は激しく高鳴っている。ふっくらした唇から彼の舌が侵入すると、胸の奥に切ない憧れがわき上がり、もっと欲しくなった。体はきつく巻いたばねのように、今にもはじけそうだ。プライドを忘れて、甘くみだらな喜びにひたりたい。だがさらに抱き寄せられ、壁際の収納箱に靴のヒールが当たったとき、自分の欲望と弱さに気づいて恥ずかしくなった。

プルーデンスは抱擁を解いてあとずさりすると、彼を求める体の悲鳴を無視して懸命に心を静めた。

ニコロスは荒い息をしながら、石器時代の男のように彼女を奪いたい衝動を抑えた。「どうした？」

プルーデンスは自分の振る舞いに屈辱を感じて目をそらした。わたしが地震ほどの激しさで彼に応え、脚ががくがくしているのを気づかれたかしら。「こんなことをしてはいけなかったのに――」

「なぜいけない？」

「離婚したいからよ」

「なぜ？」獲物を狙う豹さながらに、ニコロスがたたみかける。「ほかに男がいるのか？」

プルーデンスはびっくりして笑いそうになった。この結婚を本物にしようという思いがけない提案に、心は大きく揺れている。今のキスは短かったが、彼女の張りつめた神経には刺激が強すぎた。「もしいたとしても、あなたには関係ないわ――」

「関係あるとも！」ニコロスはなめらかな動きでプルーデンスに近づいた。

プルーデンスはニコロスの横を素通りして収納箱の蓋を開けると、アルバムとスクラップブックの束を取り出した。それから振り向いて彼の足元にどさりと置いた。「いいえ……あなたに関係があるのはこのなかの女性たちよ。わたしは今もこれからも、あなたとは関係ないわ！」

ぴりぴりした沈黙が広がった。

「これはなんだ？」ニコロスはスクラップブックを一冊取った。見たくもなかったが、臆病な態度は彼の流儀ではないのでなかを開いた。タブロイド新聞や雑誌記事が——ほかの女性たちと写る自分の写真が次から次へと目に飛び込んできた。彼は気分が悪くなった。「君がこれを集めたのか？」

プルーデンスは身を守るように腕を組んだ。「すばらしい嫌悪療法なのよ」

「僕たちはいっしょに住んでいなかった。一度も夫婦として暮らしたことはなかったじゃないか」悪名高いプレイボーイとしての証拠を突きつけられても、ニコロスはすぐさま逆襲した。プルーデンスは彼の立ち直りの速さに感心するばかりだった。「だが君がいたら、もうこの種の遊びは必要なくなる」

遊び？ 女性は人生を明るくする愉快な気晴らし、おもちゃにすぎない。レオが言ったとおり、ニコロスは古くさいギリシア人の大実業家だ。自分は人とは違うと考えている反省の色のないプレイボーイなのだ。だから、妻が離婚を望んだら、ほかの男のせいとしか考えない。ここは正直に話すのが最善の策かもしれない。

心は乱れ、唇はニコロスの激しい情熱の名残でまだひりひりしている。プルーデンスは険悪な空気を元に戻したかった。「ほかの人は関係ないわ。あなたに話すつもりはなかったけれど、ある計画があって、離婚しないとそれを進められないの」

「どういう計画？」

「わたし……赤ちゃんが欲しいの」

ニコロスは彫像のように動かなくなった。「誰の？」

「わたしひとりの。そんなに異常なことではないわ……精子バンクに行くつもりなの」プルーデンスはしかたなく小さな声で説明した。「これはよく考えたすえに決めたことなのよ」

ニコロスは燃える金色の瞳で見下ろしながら、数を三十まで数えた。「僕が生きているうちはそんな真似はさせない。本気だ。こんな不愉快な話は聞いたことがない。二度と聞きたくない。異常だよ」

「異常じゃないわ。子どもを欲しがって何が悪いの？　何よりまともよ。わたしは二十七歳で

――」

「そうかい？　まともな方法がひとつあるが……それではない」ニコロスのブロンズ色の肌は青ざめ、彫りの深い顔立ちが際立った。彼は体の震えを抑えられなかった。「赤ん坊を作ることについては同意してもいいと思う。なんだろうと、離婚して妻が試験管ベビーを妊娠するよりましだ」

屈辱と怒りでプルーデンスの体がこわばった。いやいやながら子どもを受け入れると言われてかっとなり、彼女は堅苦しく言った。「帰ってほしいの」

「プディング――」

「あなたのその呼び方がかわいいと思ったこともあったけれど……今は気が変わったわ」

ニコロスがふいにプルーデンスの両手を取った。「いや、僕は帰らないよ。そんなことは許せない。僕たちはこのままではいけない」

プルーデンスは胸がいっぱいになり、うなずいた。

「僕たちはこんなふうになるはずではなかった」プルーデンスの目から涙があふれ、頬を伝った。ニコロスはうめき声をもらした。「泣くんじゃない……」

「悪いけど……帰って」

「いやだ」ニコロスはプルーデンスの頬に伝う涙をキスでぬぐった。彼女は桃の香りがした。温かく、熟れていて食べごろだ。ニコロスは一瞬ためらったあと、今こそその機会だと悟り、ビジネスのライバルたちが恐れる容赦ないひたむきさで彼女を求めた。

唇をむさぼるように奪われたとき、プルーデンスの全身に驚愕が走った。狼狽して身を引き離そうとしたが、ニコロスは彼女の髪を指に巻きつけて頭を後ろに倒すと、蝶のような軽いキスを浴びせて彼女をそそった。プルーデンスはうっとりし、いつしか目を閉じていた。顔を上向けて喉をさらすと、それに乗じてニコロスの唇が耳の感じやすい部分を探る。プルーデンスはあえぎ、震えた。脈は一気に速まって、脚は小枝のように力なく曲がった。

「まだ僕に帰ってほしい？」ニコロスが低い声でやさしくたずねた。

プルーデンスは返事の代わりに彼のスーツの襟をつかみ、爪先立ってキスをせがんだ。ゆるやかで悩ましいキスに力が抜け、じれったくなる。彼女はニコロスの肩に両手をまわして、たくましさをうれしく感じながらシャツの襟にかかる豊かな黒髪を指先でもてあそんだ。プルーデンスが身をすり寄せると、ニコロスは喉の奥でうめきをもらして、熱い体に彼女の腰を引きつけた。

初めの衝撃のあとにひそやかな満足感と誇らしさがわき上がり、プルーデンスはめまいがしそうだった。ニックがわたしを求めている。ニックがわたしを魅力的だと思い、欲望を感じている。体の反応を偽れる男性はいない。そう思うと、こよなく女らしい心躍る達成感で胸がいっぱいになった。ニコロスに荒々しく抱き上げられたときには骨の髄までぞくぞくした。「君は僕をとても熱くさせる」ニコロスがくぐもった声でささやいた。唇のあいだに彼の舌が差し入れられ、プルーデンスの全身に火がついた。

ニコロスは彼女を寝室に運び、そのままベッドに腰を下ろした。真剣な顔でサンドレスの襟元のリボンをほどき、レースに縁取られたブラの深い谷間に貪欲に唇を寄せる。押し殺したすすり泣きがプルーデンスの喉からもれた。ニコロスの腕に支えられて彼女は背をそらし、漆黒の髪に指を差し入れた。彼はブラのホックをはずすと、豊かな胸を解き放った。

「すばらしい」ニコロスはあがめるようなまなざしでなめらかなふくらみを見つめ、思わず胸を隠そうとした彼女の手をとらえた。「隠さないで」

プルーデンスは気恥ずかしさとうれしさからその言葉に従った。白い胸を包み込まれ、プルーデンスはたちまち息を切らした。ニコロスの唇が薔薇色のつぼみを愛撫すると、彼女は弱々しいうめき声をもらした。下腹部に熱いものが渦巻き、責め苦のようなうずきが強まっていく。

「ニック……」未経験の体に押し寄せる快感の波に驚きながら、プルーデンスはあえいだ。

「わかってる。僕も感じているから」ニコロスはプルーデンスをベッドに横たえると立ち上がり、上着を脱いで足元に落とした。情熱のくすぶる濃い金色の瞳で彼女を見つめながら、ネクタイをゆるめてシャツのボタンをはずし、ブロンズ色の逆三角形の胸をあらわにする。「ずっと昔にこうするべきだった」

プルーデンスの頭のなかで狂おしい考えが駆け巡った。いったいわたしは何をしているの？　どうしてここまで許してしまったの？　でも理由は知っている。わたしは彼が欲しい。分別がないと知りながら、長いあいだ彼を求めてきた。彼のように感じさせてくれる男性がほかにいるとは思えない。だったら、なぜ夫と寝てはいけないの？　離婚する前に愛の行為がどういうものか経験してもいいでしょう？　頭の片隅で小さな声がプルーデンスを誘惑した。罪のないささやかな夢を実現できるのよ。プライドを少し犠牲にすれば、危険のない冒険ができるわ。

「プルーデンス……」ニコロスがハスキーな声でささやいた。「そんな心配そうな顔をしないでくれ。この世に僕が解決できない問題はないよ」

彼は熱烈なキスでプルーデンスの唇を開かせた。彼女のなかでエネルギーが火の玉となって燃えさかる。胸は高鳴り、甘美な欲望がふくらんでいく。全身のあらゆる部分が痛いほど意識される。胸のふくらみをてのひらで包まれたときは背を弓なりにそらし、感じやすい薔薇色の頂を突き出した。ニコロスがそこに舌を這わせると、プルーデンスは熱い声をもらした。残りの服は気づかないうちに消えていた。

愛撫が下に下りていき、プルーデンスは震えた。熱く応える自分が腹立たしい。続いて予想もしなかった激しい興奮の波が訪れた。巧みな愛撫に何も考えられなくなり、いつしか身もだえしていた。

「僕が初めての相手？」ニコロスは体を離してズボンを脱ぎ、かすれた声でたずねた。

プルーデンスはぼんやりした目でニコロスを見つめながら、自分の思いに動揺した。たとえ最悪の嘘でも、いいえと答えたい。

沈黙が続き、ニコロスの大きなたくましい体が緊張した。彼女は経験があるのだろうか？

プルーデンスは彼の引き締まったハンサムな顔を見つめた。心臓の鼓動が速まった。このことでは嘘をつけない。「ええ……」

ニコロスは安堵し、運命に感謝した。下着姿で戻り、不器用なくらいのやさしさで彼女の頬に手を当てる。「僕には期待する権利も望む権利もないが……君がバージンであることは、僕にはとても重要なんだ」彼は英語とギリシア語を織り交ぜて言った。

「そうなの？」涙が込み上げ、プルーデンスはきつく目を閉じた。

「もちろん……君は僕の花嫁だから、ほかの男を知らなくていい」ニコロスはかすれた声でささやいた。

着ているものを脱ぐためにニコロスがそっと離れた。プルーデンスは彼から目をそらせず、息遣いがせわしくなった。鋼のような肩も、強靭な長い腿もみごとだった。広い胸、固くなめらかな胴、そして腰はアスリートのように引き締まっている。ニコロスが下着を脱ぐと、彼女は息が止まりそうになった。興奮の証を初めて見て衝撃を受けた。

「バージンかどうかたずねる必要はなかったんだな」ニコロスは瞳を愉快そうに輝かせてささやいた。「今なら君の顔を見れば何もかもわかる」

彼はプルーデンスの隣に横になると、彼女の赤らんだ唇を情熱的に奪った。熱い波がプルーデンスをのみ込んだ。ニコロスは感嘆の声をもらし、つんととがる薔薇色のつぼみに歯で軽く触れながら、ゆっくりと確実に彼女の欲望を伝える場所を探し当てた。プルーデンスは唇を開いて長いうめきをもらし、痛いくらいの歓喜に唇を食いしばった。

「こんなふうに感じられるなんて知らなかったわ」

ふたりの視線がからみ合った。「誰でも感じられるわけじゃない。君は僕と相性がいいんだ」

ニコロスの愛撫に圧倒され、プルーデンスはじっとしていられなかった。何も考えられず快感に身をゆだねているうちに、切ないうずきに身を引き裂かれそうになる。「お願い……」

ニコロスはプルーデンスを組み敷き、乱れた口調で警告した。「痛いかもしれない」

「だいじょうぶよ」プルーデンスの全身が耐えがたい渇望でうずいている。

「完璧(かんぺき)にしたいんだ」ニコロスがかすれた声で言い、熱い決意のこもった金色の瞳で彼女を見つめた。

そして少しずつプルーデンスのなかに身を沈めていった。侵入を阻む壁が破られた瞬間、彼女は思いがけない痛みに驚いた。「ニック――」

「すぐに楽になるよ。約束する」ニコロスはプルーデンスのヒップを持ち上げてさらに深く入った。

「動かないで……」プルーデンスは訴えかけ、痛みが遠のくのを待った。

「痛いだろう」ニコロスはうめくように言い、はやる体をぐっと抑えて身をこわばらせた。

プルーデンスは試しに小さく身もだえした。そしてもう一度繰り返す。ありあまる快感が戻り、彼女の顔にクリームをなめた猫のような表情が広がった。体のなかに彼を感じるのはすばらしい。エロチックな脈動にふたたび支配され、プルーデンスは腰を浮かせて彼を促した。するとニコロスもついにそれに合わせて動き始めた。プルーデンスの胸は高鳴り、声は喉に引っかかった。最初はゆっくりと、それから巧みな速いリズムで彼がなめらかに動く。そのたびにプルーデンスは官能の喜びにのみ込まれ、やがてさらに高いエクスタシーの頂上へと誘われた。そして甘い喜びに満ちた至福の余波に恍惚となりながら、彼の名を叫んでいた。

ニコロスは呆然としたまま仰向けになると、プルーデンスを抱き寄せた。これまでいちばん長く熱い解放の余韻で体が震えている。プルーデンスが身じろぎをしたとき、彼はいっそう強く抱き締めた。彼女はもうどこにも行かないだろう……僕がいる家以外は。どこの家だ？アパートメントはふさわしくない。あれは遊び人の住むところで、プルーデンスがいる場所ではない。しばらくはホテル暮らしでもいい。家を買わなくてはならないだろう。だが、あの動物たちはどうする？　ロンドンに出やすい田舎の家にしよう。ニコロスはプルーデンスの額に祝福を与えるようにキスをした。「感動したよ」

　プルーデンスは今はなじみとなった熱く湿ったニコロスの肌の匂(にお)いを吸った。輝かしい歓喜に、まだ頭はくらくらし、体はけだるい。おだやかで心地よい静寂のなかで、彼女は純粋で素朴な幸福の貴重なひとときに満足を覚えた。それでもいろいろな考えが浮かんできて、たちまち幸せに雲がかかった。ニコロスに抱かれて、夢が現実になった。けれども終わったあともニコロスにしがみつき、彼が愛情も思いやりもある夫だと思い込もうとするのはみじめではないかしら。そろそろ現実に戻るときでは？

　ニコロスは彼の胸にかかる豊かな栗(くり)色の髪に長い指を差し入れた。「ずいぶん静かだね」

　プルーデンスは晴れやかな笑みを張りつけ、乱れた髪のまま顔を上げた。「あなたがどんなにこういうことに長(た)けているか、考えていただけ……何に大騒ぎするのか、今ようやくわかったわ」

　彼女をひたと見つめる金色の瞳は、引き締まったハンサムな顔にそそぐ陽光のように明るい。

ニコロスは顔をしかめた。プルーデンスはきまり悪さをごまかすために僕を笑わそうとしているのだろうか。「それが妻から聞きたい感想かどうか……」

プルーデンスは怒りで身をこわばらせた。妻と呼ばれるといつも痛烈な侮辱のように聞こえ、ふたりが夫婦ではなかったことを思い出してしまう。結婚していると感じたことは一度もなかった。ニコロスとベッドをともにしてもそれは変わらない。突然プルーデンスは大きな過ちを犯した女のような気分になり、いきなりニコロスから身を振りほどいた。

「どうしたんだ?」ニコロスが体を起こして枕にもたれた。やわらかな白とピンクのベッドリネンにブロンズ色の肌が驚くほど対照的に見える。

プルーデンスはローブを取って袖を通し、なまめかしい曲線を必死に隠した。「ベッドをともにしたからって、あなたの妻になるわけじゃないわ。あなたの女の長い列に加わるだけよ」

憤然と反駁する自分の声が聞こえる。「あなたは誰のものにもならないんでしょう?」

ニコロスは言葉もなかった。ベッドを飛び下りたときには、すでにプルーデンスは部屋を出ていた。あとを追おうとしたとき、まだ外は明るく、カーテンも開けたままだと気づいた。彼はそっと悪態をつき、急いで服を着始めた。

プルーデンスは硬い顔で戸口に戻ってきた。「失礼な真似をしてごめんなさい。弁解のしようがないわ」突き刺すような濃い金色の瞳から視線をそらす。「でも離婚したい気持ちは変わらないの」

ニコロスはその宣言に信じがたいほど侮辱を感じた。「どうして僕を拒まなかった?」

「それは話したくないわ」

「ばかな……君は僕に真実を話す義務がある!」

とてもニコロスと目を合わせられない。プルーデンスは頬を染めて深く息を吸った。「あなたと過ごしたらどんな感じがするのか知りたかっただけ。あなたにとってはたいしたことではないと思ったの」

ニコロスは怒りのあまり声を失い、彼女をしげしげと見つめた。なんとプルーデンスは彼がどこかの種馬であるかのように試してみたと告白している。「君の話は信じられない。君が今でも離婚を望んでいることも信じられない。君は今でも僕を思っている。だから僕にバージンを捧(ささ)げたんだろう」

大胆で挑戦的な言葉が鋭いナイフのようにプルーデンスのやわらかな肌を深く切り裂いた。

ニコロスに対する思いを本人から突きつけられるという最悪の悪夢が現実になった。それだけは絶対に許せない。プライドの力で顔を上げたとき、彼女の目は反抗的な光を放っていた。

「バージンでいることに飽きたのかもしれないわ。もうあなたに関心はないの。結婚したときは夢中だったけれど、その気持ちは続かなかった。とうの昔に卒業したのよ」

「あのスクラップブックが別のことを語っている」ニコロスは、今までプルーデンスの前では一度も使ったことのないきびしい口調で言った。

すかさず逆襲されてプルーデンスは雪のように蒼白になった。「帰ってちょうだい。もうここに来ないで。離婚はするわ。あなたの許しはいりません」

「君に誕生日のプレゼントを渡すのを忘れていた」まるで彼女の話など聞いていなかったかのようにニコロスが細長い宝石ケースを差し出した。

プルーデンスは止めていた息を吸った。ニコロスと距離を置きたい気持ちと好奇心が闘い、好奇心が勝った。彼女は途方もなく美しいダイヤモンドをちりばめたペンダントを見下ろした。彼はわたしの心を粉々にしておいて、厚かましくもハートのペンダントを贈るの？　涙で目頭が熱くなった。プルーデンスはケースを閉じてニコロスの手に突き返した。「せっかくだけど、これも、あなたも欲しくないわ。さあ、出ていって！」

彼が出ていったあと、プルーデンスはドアにもたれ、ヘリコプターが離陸する音に耳をすませた。胸のなかで怒りと苦痛と絶望が混じり合った。ニコロスにはもう二度と会わないだろう。わたしは彼を侮辱した。彼との付き合いで大切にしていたものは、無謀なセックスのせいで何もかも壊れた。信頼、尊敬、好意は消えた。わたしに触れた彼をどうして責められるだろう？ニコロスは女性と心を通わせるほかの方法を知らないのに。でも、わたしは何に取りつかれていたの？体の中心の鈍いうずきに恥じ入り、顔がほてる。克服したと思った十代のころの憧れが華々しい最期を迎えた。けれどもそのあとやってきた落胆に、思いもよらないほど傷ついていた。

これがひとつの区切りなのだ。八年前にギリシアに飛び、人生は予定外のコースをたどった。出発点に戻るのは、過去に別れを告げて前進することを意味する。プルーデンスは涙をこらえ、自由を取り戻したいと思った理由を思い起こした。来年には愛情をそそげるわが子がいるかもしれない。でも、その前に離婚の手続きを始め、祖父にその意思を伝えなくてはならない……。

3

プルーデンスは彼女の弁護士ミスター・ブレンから来た手紙を広げて読みながら、表情豊かな目をみはった。「信じられないわ！」

「何が信じられない？」レオは紅茶のマグカップを片手に足を止めると、キッチンのソファで眠っているプルーデンスの二匹の犬を押しやった。

「ニックよ！」気が長く、寛大なことで知られるプルーデンスが、雑然としたキッチンを感情もあらわに行ったり来たりしている。「わたしの弁護士はまだ離婚申請書も作っていないのに、向こうの特別弁護団がもう連絡をよこしてきたの」

「なんと言ってきた？」レオが促す。

「彼には離婚を承諾する意思はありませんって。よくもこんなことを。夫の承諾がなければ、五年待たないと自由になれないのよ！」

「彼は離婚したくないと君に言ったじゃないか」金髪の男性は皮肉っぽく彼女に思い出させた。

プルーデンスはテーブルの古い水差しを見つめた。白とピンクの豪華な薔薇があふれんばかりに挿してある。家のなかはどの部屋もみごとな花々でいっぱいだった。誕生日から二週間がたつが、ニコロスは毎日花を贈ってきた。きっと彼の個人秘書が贅沢な花を贈る段取りをつけたのだろうとプルーデンスは辛辣に考えた。だがニコロスはみずから電話をかけてきた。プルーデンスがその都度留守番電話に応答させたので、彼はついに業を煮やして飛んできた。頭上にヘリコプターの音を聞くや、彼女は車に飛び乗って逃げ出した。まだ彼に言わなければならないことがあったかしら。それとも彼が？　今では自分の予測の甘さと、ニコロスのような対決を辞さない男性を避けようとした愚かさを悟っていた。

でもニコロスがなぜこんな態度をとるのか、今でもわからない。なぜ彼は離婚に反対するのだろう？　ふたりは結婚当日から別々に暮らしてきたようなものだった。二週間前、プルーデンスはニコロスの反論を一蹴した。彼は古くさい気遣いを示しただけで、ほんとうはどうでもいいのだと思っていた。今は、彼も本気だと悟っている。おまけにニコロスとベッドをともにしてしまった。熱い記憶がよみがえり、不安に満ちたプルーデンスの顔が赤くなった。

「これからロンドンに行って講義に出る予定は変わらない?」プルーデンスはレオにたずねた。

レオはうなずいた。「なぜ?」

「もしニコロスに時間があって会えるなら、あなたにロンドンまで乗せていってもらおうかと思って」

彼女は寝室でニコロスの直通番号に電話をかけた。「ニック? プルーデンスだけど……」

ニコロスは有無を言わせず社員を部屋から追いはらった。つい顔がほころぶ。案の定電話がかかってきた。プルーデンスが見たら憤然としそうなくつろいだ態度でニコロスは光沢のある御影石のデスクにもたれた。「元気かい?」

「上々とは言えないわ。今日の午後ロンドンに行くの。そのときお話しできないかしら?」

「四時に僕のアパートメントで」ニコロスはいかにも楽しげに提案した。「君に会うのが楽しみだよ」

プルーデンスには心を落ち着けて考える時間が二週間もあったとニコロスは思った。彼女も短期間で離婚が成立するなど問題外だと悟っているだろう。だったらふたりがこれまで分かち合ってきたすばらしい友好関係を、どうして今も捨てたいのか？　その気になれば僕はりっぱな夫になれる。プルーデンスもそろそろ認めてもいいころだ。それに八年前にその証（あかし）が欲しかったのなら、彼女は妻らしく僕のもとにとどまり、機会をとらえるべきだった。

二週間にわたるこの長い我慢比べは、ニコロスにとってきびしい試練だった。反論されたらすかさず猛反撃するのが彼の流儀だ。離婚したくないと告げたのに、プルーデンスは聞かなかった。だが彼は生来の激しい性格を努めて抑え、おだやかに辛抱強くプルーデンスを説得しようとした。これほどまでしても彼女がさからうとは思ってもみなかった。

ニコロスは夫として信頼に欠けることすら潔く認めた。妻の離婚の申し立てにはことごとく争うと伝えたとき、彼の弁護士は驚きを隠せなかった。テオ・ディマキスが訪ねてきてプルーデンスの〝ばかさかげん〟について口汚くののしったときには、ニコロスはむかむかしてついにテオをどう思っているか率直に言った。今後商取り引きで〈ディマキス・インターナショナル〉との熾烈（しれつ）な争いが起こるだろう。テオは黙って天罰を受けるような男ではない。

正午にプルーデンスがレオの快適な車に乗り込んだとき、彼は携帯電話で話していた。レオが亡き友人の妻ステラにラジエーターもれの対処法を教えるあいだ、プルーデンスは辛抱強く聞いていた。親友がステラと三人の幼い子を残して癌で他界してから二年がたち、レオは彼女の家をよく訪ねている。勇気を奮い起こしてステラに愛を告白するつもりがあるのか、レオにたずねたことはない。友人が亡くなるはるか前からステラに惹かれていたことは、レオの罪深い秘密でもあった。

「あとで立ち寄るつもりだったんだ……ああ、そうだね」レオは無理に快活な口調で話している。「いや、僕が反対するわけないだろう！　君がまた出歩く気になったのはすばらしいと思うよ」

レオは電話を脇に置くと、エンジンをかけた。

「ステラは友だちと飲みに行くらしい」

「そうみたいね」

「これは始まりにすぎない。彼女はとても魅力的な女性だよ。すぐにボーイフレンドができるだろう」

プルーデンスは黙っていた。レオは惨憺たる状況にいる。ステラとの今の関係が壊れる危険を冒して思いを打ち明けるか、沈黙を守り、どこかの男性が彼女の人生のあいた場所を埋めるあいだ苦しむか。答えは簡単には見つからない。プルーデンスは同情をこめてレオの腕を握り、ふたりの男性が農場の道のふもとに〝売り家〟の立て札を立てているのを見て顔をしかめた。

「いったい何をしているんだ？」レオが声をあげた。

プルーデンスは車を降りて、立て札を立てる家が間違っていると言った。すると、クレイグヒル農場が載ったリストを見せられた。そこで携帯電話で彼らの上司に連絡したところ、不動産業者にたずねてみてはと勧められた。

そのあとロンドンへ向かう車のなかで不動産業者に連絡した。当人は不在だったが、クレイグヒル農場は翌日実地検分の予定だと知らされた。プルーデンスが自分はそこに住んでいるが、こんな話は聞いていないと言い、売り主の名前をたずねると、それは秘密事項だという。彼女は憤然と電話を切り、ため息をついた。「あとで不動産業者と片をつけるわ。なぜ誰もばかげた間違いだと認めないのかしら？」

ニコロスは屋上庭園とプールつきのロンドンの広いアパートメントに住んでいる。プルーデンスは何回もそこを訪れたが、しゃれた高級な家具や現代的な彫刻品、音の響く大理石の広い床に居心地のよさを覚えたことは一度もない。エレベーターを降りもしないうちに彼女の神経はぴりぴりしていた。盛装したかったが、結局怖じけづき、長い茶色のスカートに、くつろぐにはいささかぴったりしすぎるクリーム色のエスニック調のブラウスを合わせた。でも、くつろげるだろう、と自分を安心させた。寝室でのあの不運なひとときの記憶をすべて抑えて、癇癪を起こさないかぎり、以前のおだやかな関係を取り戻すチャンスは大いにある。

「プルーデンス……」明るいグレーのビジネススーツ姿のニコロスが、豪華なラウンジを進んで挨拶した。いかにもクールで洗練された雰囲気を漂わせている。彼は神秘的で衝撃を覚えるほどハンサムだ。

ベッドの横で服を脱いでいる彼の姿がよみがえり、プルーデンスは顔を朱に染めて立ちすくんだ。

ニコロスは彼女の手を握り、自信たっぷりに部屋に通した。「それを着ているとセクシーだね――」

「そんなことは言わないで！」

ニコロスはゆっくりと足を止めてプルーデンスを見下ろした。黒いまつげが燃えるような金色の瞳を際立たせている。「何もかも変わったんだ。何もなかったふりはできないよ――」

「わたしたちがその気になればできるわ」

金色の瞳がくすぶった。「だが僕は最高に長く熱い絶頂を忘れたくない。実際もっと好きに――」

プルーデンスはニコロスの大胆な言葉に驚いて彼の唇に人差し指を当てた。

ニコロスがその指からてのひらへ舌でたどるあいだ、彼女はその場に釘づけになって震えていた。「お願い……」息遣いが浅くなって胸は波打ち、ブラのなかで胸の頂がうずいて張りつめた。愕然としながらもプルーデンスは魅せられた。ニコロスは互いの指をからめて顔を上げ、ハスキーな声でささやいた。「僕はベッドに行きたいのに、君は話し合いたいと言う……」

プルーデンスは込み上げる渇望を気丈に抑えてニコロスから離れた。「わたしがここに来たのは、あなたが離婚を承諾しないと弁護士に話したからよ」

「それで、どの部分が理解できないんだ？　僕は意思を変えるつもりはない」

「でも、なぜなの？　理由がわからないわ」

「僕は一生添い遂げるつもりで結婚した。君は僕の妻だ。僕は離婚を許す気はない。もちろん五年たったら、しかたがないが」

「五年間もわたしの人生をこのままにさせるの？」

ニコロスの顔にゆっくりと笑みが浮かぶ。「そんなことは言わない。僕は精子バンクの改良版だ」

その皮肉にプルーデンスはかっとなった。豊かな栗色の髪を顔から払うように頭を振り上げる。「あなたはそう考えたいかもしれないけど――」

「僕はそうなるとわかっているんだ。もちろん別の男がかかわっているなら問題だが」

「そういうことなの？　誰かと張り合っているつもり？　わたしはもうあなたと結婚していたくないだけだとなぜ受け入れられないの？」

「だが、君は僕とまともに結婚していたことはなかった」それは彼女が初めて聞く冷淡な口調だった。

プルーデンスのなかで危険な感情がわき上がった。背筋を伸ばして窓辺に行き、懸命に心を静めようとする。「だからいやなの。あなたとは友だちで、わたしはそれが気に入っていたわ。でも、そこが問題なのよ。それ以上は手に余るの」

涙で目の奥が熱くなったが、プルーデンスは心からそう信じていた。ニコロスには、公式の場に夫婦として姿を見せるだけで満足する妻が必要なのだ。夫の愛人たちには気づかないふりをし、愛や思いやりの代わりに財産と地位を受け取る妻が。わたしにその役は勤まらない。ニコロスは根っからのプレイボーイで、並の女性では太刀打ちできない派手なスーパーモデルがお好みだ。彼は裏切るだろうし、わたしはそれに耐えられない。ニコロスに負けないほど強くなければ打ちのめされてしまう。だから彼が提案している本物の結婚の幻想に惑わされるわけにはいかないのだ。

「君は僕とベッドをともにした。それでゲームのルールが変わった」ニコロスが鋭く言った。

プルーデンスの背筋に不思議な戦慄(せんりつ)が走った。彼女がニコロスをうかがうと、焼けつくような金色の瞳と目が合った。「これはゲームじゃないわ――」

「君の態度がゲームに思わせるんだ。妊娠したかどうかもうわかったかい？　それともまだ早い？」

何げない質問にプルーデンスはぎょっとした。「妊娠？　つまりあなたはあのとき――」

「君がおとなしくベッドに連れていかれたとき、僕は当然結婚は続くものだと思った」金色の瞳に見つめられ、プルーデンスはもじもじし、罪悪感からまつげを伏せた。「君がどんなに赤ん坊を欲しがっているか聞いたから避妊は無意味だと思った」

「先に言うべきでしょう――」

「君が気づくべきだった。気づかなかったのなら、僕はきっとよかったんだろう」ニコロスが向けた愉快そうな視線は愛撫のようでプルーデンスの胸はときめいた。「避妊具を使わなかったのはあのときが初めてだ……白状するが、大いに気に入ったよ」

思いがけない事実にプルーデンスは動揺した。屈辱に怒りがわき上がる。彼が告白したことについてなかなか考えられない。プルーデンスは目をそらして堅苦しい口調で言った。「妊娠がそんな簡単にいかないのはあなただって知っているでしょう」

「知らないよ。その点は無知だと喜んで認める」

「妊娠した可能性はきわめて低いと思うわ」プルーデンスは彼の俗っぽい態度とユーモアに憤った。

「一カ月待ってくれ。頑張るから――」

プルーデンスはかっとなり、ニコロスを黙らせるためにはっきりと言った。「わたしが妊娠していないのは絶対に確かよ」それは嘘ではない。二、三日中にそれがわかるはずだ。

「それは残念だ。だがしばらくは君が良識から、軽率に未婚の母になるのはまずいと判断することを願うばかりだ」ニコロスが皮肉っぽく言った。

「わたしには居心地のいい家と、叔母が母とわたしのためにわたし名義で預けた信託基金がある わ」

「その基金は少なすぎて数に入らない――」

「でもシャンパンは好みではないし、わたしは働くわ。どちらにしても子どもを育てるには十分よ」

「物質面だけの問題ではない。反対する理由はほかにもある。どの子も父親がいて当然だ――」

「わたしはいなくてもなんとかなったわ――」

「父親がいなかったから男を軽視すると考える者もいるだろう。たとえ夫でなくても、僕は君の計画に大きな不安を感じるよ。子育ては両親がそろっていてもたいへんだ。君が病気になったら、どうする？　生まれてきた子に障害があったら？」

プルーデンスは蒼白(そうはく)になった。「そういうことも考えたわ……なんとかするわ。このことは考え抜いたの。わたしひとりで十分してあげられるわ」

「思ったより君はおじいさん似だね。テオも欲しいものがあると頑固なまでにまわりを見ない」

プルーデンスは憤然とした。「わたしは頑固じゃないわ。祖父に似ているものですか！」

「せめてテオが身内に犯した過ちから学ぶんだ。子どもには、父親がいる生活とふつうの家庭環境の恩恵を享受する機会が与えられるべきだ」

幼い子が当然与えられるべきものをわたしでは提供できないと彼は確信している。プルーデンスは傷つき、顎を上げた。「あなたのような人なら与えられるの？　どんな女性にもまともな家庭を与えられると言えるほど厚かましいの？」

「ああ、そうだ」

三つの国に三人の愛人。プルーデンスは怒りとともに思い起こした。まとも？　ふつう？　静かで慎(つつ)ましい田園の暮らしを批判し、自分のほうがもっとりっぱにできるなんてよく言えたものだわ。

「こんなに時間がたっても、わたしと別れたくないなんて驚きだわ。なぜそんなに離婚がいやなの？　わたしが今もテオ・ディマキスの孫娘だから――」

ニコロスの知的な顔が緊張でこわばった。「それは言うな。そんな侮辱を言うほど成り下がるのか」

プルーデンスは動転していてその警告に注意を払わなかった。すべての本能が反撃しろとせき立てている。「今でもわたしがお金になると信じているのね。祖父はわたしに口もきかないけれど――」

「先週僕はテオをオフィスから追い出した。彼は君の離婚の計画に腹を立てている。君が電話でそれを話したのはまったくの悪意からだと思っている様子で、遺言から君の名を除外したと教えてくれたよ」

「テオを追い出した……まあ」プルーデンスはどぎまぎして目をそらした。いわれのない中傷を投げつけた自分が恥ずかしい。ニコロスは誇り高く、何より名誉を重んずる。自分ひとりを救うためだったら、彼は絶対にわたしと結婚しなかっただろう。だが、家族が破産の恥辱にまみれるのは許せなかった。祖父の遺言など考える気もしない。わたしをあれほど嫌う人が何かを遺(のこ)してくれるとは夢にも思わない。

「だから君は金にはならない。じつのところ、結婚したままでいるのはかえって損が出るかもしれない。今のテオは怒りに燃えている。君も気づいているとおり、数年前僕は君の持参金に利子をつけて返した。テオには何も借りはない。先週彼が君を侮辱したときもそうだし、今だってそうだ」

プルーデンスはたじろいだ。彼女の名誉を守るためにニコロスがテオと闘う羽目になったのだ。「そうね、あんなことを言うべきじゃなかったわ――」

「だが、君は言った。僕はそれを忘れないだろう。この結婚で得をしたのは君たち母娘(おやこ)ではなく、僕の家族だ。それはよくわかっている。だが僕が不公平を正そうとすると、そのたびに君は拒んだ。君はずっと手当をことわり――」

「ニック、もうそれ以上言わないで」プルーデンスは後悔にさいなまれ、苦しげな声で頼んだ。わたしはふたりの関係をおとしめてしまった。ニコロスに弁解しなければならないと感じさせたのだから。「きちんとした結婚でもないのに、手当なんて受け取れないわ。間違っている気がしたの。あなたにはほかの形でずいぶん助けてもらったわ。母のために看護師を雇ってくれたし、動物保護センターを建てるときや、余分な食料が必要なときにも……」

「僕はこの結婚を試してみようと頼んでいるだけだ。それで、君が失うものはなんだ?」

プルーデンスはニコロスのブロンズ色の顔をじっと見つめ、あわてて目をそらした。だが、八年前初めて彼に会ったときと同じように、ひと目見ただけでぼうっとしてしまう。わたしが何を失うか少しでも知っていたら、彼はその質問をしなかっただろう。かつてわたしは彼に夢中だった。それはわたしの体を流れるディマキス家の血のせいかしら? だから彼に対する愛をなかなか断ち切れなかったの? でもその思いは抑え、エネルギーのすべてをそそいで友情を築き、それ以上は高望みだと胸に言いきかせた。そんな苦痛にふたたび身をさらすのが怖かった。

「無理よ……わたしにはできないわ」プルーデンスは腕時計に視線を落とし、ほっとして足早にドアに向かった。「そろそろ行かないと――」

「ここに来てまだ三十分しかたっていない――」

「六時にレオと待ち合わせたの。あなたもわたしも、言うべきことはすべて言ったわ。こんなことは言いたくないの……つらくてたまらないの」

ニコロスは別の男の名前を聞いて激怒し、玄関のドアを出る前に彼女の手をとらえて引き戻した。「それで、肝心なことはわからないのか？　もし僕と闘ったら君は傷つく。それは僕も望まない」

「あなたが自分の望みを知っているとは――」

「そうだろうか？　僕はそんなに意思を伝えるのが下手かな？」きらめく濃い金色の瞳に危険な光が浮かぶ。ニコロスは荒々しく唇を求めた。

プルーデンスは愕然とした。その石器時代の戦法にはクールで洗練されたところがなかった。それでも強引に体を持ち上げられ、激しく攻められると、強烈な興奮を覚えた。ほろ苦い気持ちでキスを返し、舌で探られたときには唇を開いた。胸は狂おしいほどに高鳴り、体は張りつめて感じやすくなっている。ニコロスのたくましい体に身を寄せたとき、プルーデンスの潜在意識が情熱に水を差す光景をよみがえらせた。彼女は結婚式当日、ニコロスがカシア・モリキスとキスをしている瞬間に舞い戻った。そのときに悟ったのだ。結婚指輪ですらニコロスをつなぎとめることはできない。彼女の望む形でニコロスを自分のものにするのは無理だ。

プルーデンスは身を振りほどき、ニコロスの味を消すように赤らんだ唇を手でこすった。

「あなたはこんなことをしてはいけなかったのに」

それからおぼつかない足取りでエレベーターに乗り、一階まで下りた。心はぼろぼろだったが、体はニコロスが目覚めさせた情熱でまだ燃えていた。欲望のうずきがなおさら自己嫌悪をつのらせる。プルーデンスが外に出たとき、カメラがいっせいに向けられ、マイクを持った記者たちが質問を浴びせた。一瞬彼女は動けなくなった。車のヘッドライトを浴びた兎のように目がくらんだ。

「ミスター・アンゲリスと離婚するのですか？」

「彼は別の女性と再婚を望んでるとか？」

「おじいさまがあなたと離婚しないでくれと彼に泣きついたという話はほんとうですか？」

4

「ばかなことを言わないで！」プルーデンスは思わず言って向きを変え、夢中で駆け出した。

追ってくるジャーナリストたちから逃れると、ようやく足を止めた。新鮮な空気を大きく吸い、用心深くあたりを見まわしてゆっくり歩き出す。パパラッチ集団はもういない。メディアの注目に慣れない女性にとって、これは気力を奪われる事件だった。結婚後プルーデンスの顔が新聞に掲載されたのは二回しかない。動物保護センターの資金集めの催しで撮られた写真だけだ。ニコロスは毎日こういう注目を浴びながら暮らしていると考え、彼女は動揺した。

離婚を阻むためにニコロスは妊娠させる危険まで冒したのだ。プルーデンスは初めてじっくり考えた。彼にはとても子どもっぽいところがある。純真であると言ってもいい。そう思うと心が沈む。ものの本によれば、夫婦はふつう一年たってから赤ちゃんを作ろうと考えるらしい。

プルーデンスのように二十代後半でも出産に最適の時期は過ぎているというから、一回で妊娠する可能性はないに等しい。

ふたたびレオに会ったとき、彼もプルーデンスに劣らず憂鬱そうな顔をしていた。

「どうしたの？」プルーデンスはたずねた。

「講義でステラの友だちとばったり会った。彼女の話では、ステラは今夜ある男とデートに出かける予定で……僕に反対されると思ったらしい」

プルーデンスは眉をひそめ、彼と腕を組んだ。「いい、彼女はひとりになってもう二年になるのよ」

「わかってる」レオは苛立ちの浮かぶ茶色の瞳で彼女を見つめた。「女性の意見を聞かせてほしい。次にどうすればいいか、アドバイスを頼む……」

「無理だわ！　あなた自身が決めるしかないのよ」

「失うものが多すぎるよ」レオがため息をついた。「夕食を食べて帰ろう。それがいちばんいい」

「ニックとはどうだった？」レストランでメニューを見ているとき、レオがついにたずねた。

プルーデンスはいつもの明るい笑みを浮かべようとして失敗した。ニコロスとの関係はもうめちゃめちゃだ。彼のせいでわたしはかつて愚かにも夢見ていた結婚を何度も拒む羽目に陥っている。恐ろしいことに、ふいに目に涙が込み上げてあふれた。

「プルーデンス」レオはぎょっとして、テーブルの上にあるプルーデンスの手を取った。「出ようか？」

「いいえ、すぐにおさまるわ……ごめんなさい」彼女はティッシュを探し、涙ながらに笑って謝った。

すぐそばでカメラのフラッシュが光った。レオは驚いて彼女の手を離し、立ち上がった。

「そいつが僕たちの写真を撮ったぞ！　どうなってるんだ？」

「きっとニックのアパートメントからつけられたんだわ。逃げたつもりだったけど思い違いだったのね」プルーデンスは涙を拭いてため息をついた。

レオは立ったままで、すぐにもレストランを出たそうだ。「前もって言ってくれないと……君がロンドンでこういう注目を浴びるなんて知らなかった」

「たいていは違うけれど、離婚の話がもれたようなの。ニックの私生活についてはなんでもニュースになるみたい。パパラッチは彼が大好きなのよ」プルーデンスはふと思った。これがニコロスなら、肩をすくめて食事を続けていただろう。でもそれは彼がほかの人なら困惑するようなことにも無関心だからだ。プルーデンスはふたりを比べた自分を恥じた。レオは繊細で、傲慢なところはまったくない。

帰途の車中、レオはロンドンで教師の仕事に応募したと打ち明けた。プルーデンスはがっかりした。首尾よくいけば彼は家を売ってロンドンに移る。寂しくなるだろう。けれども父親が亡くなった今、レオがロンドンに引っ越すのは理にかなっている。

プルーデンスは今の窮地について考えた。勝算はなさそうだ。ニコロスの反対を押しきって離婚手続きを進めても、訴訟費用でお金を無駄にすることになる。ニコロスの気を変えさせる別の方法を見つけなくてはならない。ほんとうに度胸があれば将来の計画をニコロスにじゃまはさせないだろう。すでに離婚を求めたのだから、かまわず精子バンクに行くはずだ。その後妊娠し、彼が困惑したとしても、それは本人のせいだ。とはいえ、ニコロスにも祖父にも腹は立つが、そこまで怒らせたくはない。

自宅の前に妙な車が止まっている。まだ〝売り家〟の立て札があり、プルーデンスは苛立った。あれが不動産業者の車なら、遠慮なく文句が言える。スーツを着た小柄な男が車を降りて近づいてきた。「ミセス・プルーデンス・アンゲリスですか？」

プルーデンスはうなずいた。「そうですが」

男は書類を渡して車で走り去った。プルーデンスが書類を開くと、それはロンドンにある彼女の祖父の法律事務所が作成した立ちのき通告書だった。

翌朝いちばんにプルーデンスは弁護士のミスター・ブレンに会った。彼は通告書を調べて、ため息をついた。「あいにく書類に不備はありません。あなたのお母さまには、いつかこうなることを警告していたのですが」

「母が……こうなることを知っていたんですか？　わたしは何も聞いていません。どういうことかしら」プルーデンスは心配のあまり眠れぬ夜を過ごし、目にくまができていた。

「ご存じのとおり、亡きお母さまの土地を扱ったわたしの同僚は昨年引退しました。おそらく彼はあなたがお母さまから込み入った事情について説明を聞き、問題を理解していると考えたのでしょう」

「理解したつもりでしたが、違ったようです。わたしがクレイグヒル農場の持ち主でないのは知っています。でも生涯住めるものと信じていました」

「農場はあなたのおじいさまのもので、売却のため土地を引き渡すように要求する権利をお持ちでした。非常に複雑な契約によってお母さまはクレイグヒルに住む権利を獲得されましたが、そのなかでおじいさまはその契約をいつでも終わらせる権利を確保していたのです。そして今それを行使することになさったというわけです」弁護士は好奇心を隠せず依頼人をしげしげと見た。「もちろんクレイグヒルを購入するなら、すぐに問題は解決しますよ」

プルーデンスはできるだけ平然とほほえんだ。アンゲリスを名乗っているあいだは窮乏を訴えても同情してもらえそうにない。彼女はゆっくりとおんぼろの四輪駆動車に戻った。ショックだった。月末までに農場を出なければならない。認めるのはばつが悪いが、これまで問題が浮上したときはいつもニコロスに電話していた。彼の助言と指示が計り知れないほど役に立ったのは、たびたび証明されていた。でも今回は彼に助けを求めるわけにもいかない。

ギリシア人の祖父に連絡しても意味がない。彼は、プルーデンスも驚くほどの速さと残忍さで憎悪をあらわにした。彼女がニコロスと離婚すると決めたので、かっとなったのだろう。プルーデンスは愚かにも父のアポロが農場の購入資金を支払っていて、いずれ自分の家になると信じ込んでいた。真実は深刻な衝撃とともに明らかになった。なぜ祖父が自分の地所にできの悪い孫娘を住まわせなくてはならないのだろう？　確かにテオ・ディマキスにはなんの義務もない。

一カ月もしないうちに保護センターの動物がみな、すみかを失ってしまう。プルーデンスの小さな世界で爆弾が爆発したかのようだった。それとともに彼女の夢もすべて消える。ひとりで子育てできるほど経済的に安泰だと信じていたなんて！　家賃もローンもないから安泰だったわけで、その有利な条件がなくなれば計画は何もかもがたがたになる。

けれども自分の問題ばかり考えるのはずいぶんと利己的だ。ドッティと夫のサム・トレントもクレイグヒル農場で暮らしている。ふたりはどこに引っ越すの？　トレント夫妻にコテージを貸すとき、好きなだけそこで暮らしていいと快く請け合ったのを思い出し、プルーデンスは気分が悪くなった。

プルーデンスがトリクシーの世話に苦労していたとき、気むずかしい患者の扱いに長けたドッティが看護にやってきた。何週間もしないうちにドッティと彼女の夫は動物保護センターで熱心なボランティアとして働くようになった。ところがトリクシーが他界してまもなくサムが脳卒中になり、ドッティは働けなくなった。親切な夫婦が経済的な苦境に陥ったとき、プルーデンスは救いの手を差し伸べた。その寛大なおこないは数限りない恩返しで報われた。今はサムの体も着々と快方に向かっているが、完全には元どおりにならないだろう。また家を失ったら、トレント夫妻は完全に打ちのめされてしまう。

プルーデンスが農場に戻ったところ、不動産業者がやってきた。農場が一般に売りに出されると聞き、彼女は愕然（がくぜん）とした。とうてい手の届かない価格になる。それでも資金を借りる方法がないかと思い、翌日銀行に行った。だが、担保となる財産も支払いに見合う収入もないと言われ、同じく住宅金融共済組合の融資担当者にも希望をくじかれた。

救いを求められる相手はニコロスしかいない。プライドを傷つけられ、プルーデンスは落胆した。それでも気後れしないうちに彼に電話をかけた。

「どうしても会いたいの……今すぐに！」

ニコロスは険しい表情でデスクに広げた新聞を見つめた。そこには妻が大親友のレオと手を取り合っている粗い粒子の写真が載っていた。「用件は？」

プルーデンスは唇を噛んだ。「少しショックなことがあって、深刻な状況なの。お金を貸してもらえないかしら？　返済期間は百年以上必要になるけれど」彼女は心配そうに念を押した。

「どういうことかな……」暗く考え込むようなニコロスの瞳が好奇心できらめいた。

「わたしがクレイグヒル農場を買い取れなければ、保護センターを閉鎖するしかなくなり、動物たちが行き場を失うの。わたしはずっと農場に住む権利があると思い込んでいたの。祖父はわたしには手が出ないほど高値で農場を売るつもりなのよ」

ニコロスは氷よりも冷たい微笑を浮かべて立ち上がった。ありがとう、テオ、家のない動物たち。これを利用して僕は復活だ。彼は黙ってプルーデンスの話に耳を傾けた。「わかった。そちらに行くのは明日の朝になる。だが、かなり早い時間だから」

ニコロスのヘリコプターは七時に着陸した。

プルーデンスは高鳴る胸を抑えながら、近づいてくる彼を見守った。二日続けて眠れぬ夜を過ごし、彼の美貌に抵抗する力は弱まっている。ブロンズ色の顔は真剣で微笑もなく、彼女は怖くなった。ニコロスの返事に多くのものがかかっている。たとえそれを苦しいほどに感じていなくても、彼の表情を見ればまだ成功と決まっていないと察しがついただろう。不安のあまりプルーデンスの体に震えが走った。

「コーヒーはいかが？」

「せっかくだが、三十分しかいられない。昼過ぎにアテネで用事があるんだ」ニコロスはピンクのトップにくっきりと浮き上がる魅惑的な胸を見て、強烈な欲望を覚えた。だが、体が氷よりも冷えるまで待ってからプルーデンスを振り返った。

「わかったわ……あなたにもこれを見てもらうほうがいいと思うの」彼女は立ちのき通告書を渡し、前日弁護士に言われたことを早口で話し始めた。

「状況については昨日教えてもらったよ」

「実の祖父なのに、こんな仕打ちができるなんて理解できないわ」プルーデンスは悲しげに打ち明けた。

「テオは負けを認めないんだ……同じタイプの僕が彼を非難するのはやめておこう」

プルーデンスはうっかりニコロスと目を合わせた。彼の瞳は真夜中の空のように暗く冷えきっていた。「でもあなたはあんなに無情で冷酷ではないわ」

「これはビジネスとして取り扱おう」

プルーデンスは顔を赤らめ、渡した書類を受け取った。「銀行はお金を貸してくれないの」

「当然だ。君が僕でなく銀行に頼まなくてはならなかったというその事実が悪い印象を与える」

「ええ、そんな感じだったわ。わたしの弁護士は、わたしが農場を買えると思っている様子だったし」

「もちろん君は買えたはずだ。僕が申し出た手当をずっと受け取っていたら——」

「でもあなたからお金を受け取りたくないの。それは間違っているわ。借りたいの——」

「市場価格は七十万ポンドだったね。正気の人間なら返済の見込みがない君に貸しつけたりしない」

「あなたが返済期間を長期にしてくれるなら——」

「いや」ニコロスは迷わず言い放った。「ことわる」

プルーデンスは困惑した。今までニコロスは何度でも気前よく経済的援助を申し出てくれたのに。「それなら……あなたはどうするつもりなの？」

「これはつらいんだが、率直に言わせてもらう。君が妻の座にとどまらなければ、僕は何もしない」

ショックのあまりプルーデンスはニコロスをまじまじと見つめた。「本気じゃないでしょう……」

「だから僕はテオを非難しなかった。僕たちは自分の思いどおりにしたい強い男だ。負けは認めない」

「ニック……あなたはわたしの祖父とは違うわ」

「君を望みどおりにさせるためなら、圧力をかけ、強制することもいとわない」

プルーデンスはゆっくりと首を横に振った。「いいえ、あなたはそんなことをしない……」

冷ややかな目がひるまずプルーデンスを見返した。「何がわかる？　君は一度も僕にさからったことがないだろう。僕は離婚したくないと話したはずだ」

「わたしはずっとあなたに頼りにしてきたのよ」プルーデンスはかたくなに彼を説得しようとした。

「今回はだめだ。僕たちの利害は相反している」

「ドッティとサムはどうなるの？」

ニコロスは小さく肩をすくめた。

「動物たちは？　年老いたり障害があったりして、引き取り手が見つかりにくい動物たちが多いのよ」

「そうだね」

「あなたは動物たちを犠牲にするの？」

「いや、犠牲にするのは君だ。君が妻として僕のところにとどまるなら、何も犠牲になることはない」

プルーデンスは豊かな栗色の髪をかき上げた。手が震えている。そういえば、一般大衆がニコロスに抱くイメージと、彼女が個人的に知っている男性とがどうしても一致しなかった。いや、彼女がよく知り、理解していると信じていた男性と言うべきだろうか。ニコロスの言うとおりだ。プルーデンスは一度も彼にさからったことがない――離婚を求めるまでは。ニコロスの冷酷さはビジネスの世界でも伝説になっている。彼は交際した女性たちにもきびしかった。

プルーデンスを含め身内の女性たちは甘やかしても、それ以外には非情で冷淡なことで有名だった。

「わたしはドッティとサムに大きな責任があるの。あの家で安心して暮らしていいと約束したわ。サムがストレスにさらされたら体を壊してしまうでしょう。それに……もしここの動物たちに何かあったら、わたしは罪の意識と心痛で生きていけないわ」

「それなら僕と争うのをやめるんだ。そうすれば、ささいな問題はすべて消える。君が妻であるかぎり僕は君の面倒を見るよ。君の敵は僕の敵となる」

プルーデンスのうなじに鳥肌が立った。ニコロスの目は夜の窓のように暗い。そして深みのある声は超然としていた。彼女はうつろな恐怖感を振りはらった。「離婚を延ばしてもいいわ――」

「いや、イエスかノーかだ――」

「離婚するかどうかは、今はどうでもいいんじゃないかしら」プルーデンスはいつになく苦々しい口調で言い返した。「経済的に安定しなければ、子どもは産まないもの。わたしが離婚を取りやめたら、ご満足？　そのときはお金を貸してくださる？」

「中途半端はだめだ。妻には僕のベッドにいてほしい。妻のいるべきところに……」「ばか言わないで！」

プルーデンスは頬を真っ赤にしてこぶしを握り締め、憤然とニコロスを見た。

彼は豊かな黒いまつげを伏せ、濃い金色の瞳が隠れた。「僕は昔気質の男だ。初夜に何もなかったと知っていたら、とうの昔に君を自分のものにした」

「それでも遅すぎるわ——」

「そうは思わない。僕には非凡な説得力があると言われている。もし僕が常軌を逸した恐怖に取りつかれていなかったら、君は何年間もひとり気ままにしていなかっただろう」ニコロスの精悍な顔には近づきがたい強さが見えた。「君は僕の妻だ。僕の頭のなかでは君がほかのものだったことはない——」

「わたしはあなたの妻にはならないわ。絶対に！」

「君が決めたことだ」ニコロスが部屋を出た次の瞬間、プルーデンスはわれに返り、あとを追った。

「こんなふうにわたしを残して帰れないはずよ！」

ニコロスは尊大に頭を後ろに傾け、瞳をきらめかせた。「僕はなんでもしたいようにできる」

「もし提案を撤回しなかったら、わたしは絶対にあなたを許さないわ……」

「それは覚悟のうえだ」

「訴訟を起こして別居手当を要求することもできるのよ。そうすればあなたはいやでもわたしに経済的な援助をしなくてはならなくなるわ」

「だが法的手続きには時間がかかるし、君には待つ余裕がない」ニコロスの返事は明快だった。

プルーデンスは肩を落とした。「あなたは落ち込んでいるわたしを足蹴にするのね」

ニコロスのまなざしは冷たく、美しい口元はきびしかった。「君は、僕が結婚を望んだただひとりの女性だ。僕たちの結婚をまるで虐待のひとつであるかのように話されるのは我慢できない。僕は敬意を持って君に接してきた――」

「嘘ばっかり！」

ニコロスはポケットから一枚の紙を取り出し、玄関ホールのテーブルに置いた。「敬意を持って接してほしかったら、妻らしくすることだ！」

ロンドンのレストランでレオと写っている新聞写真にプルーデンスの目が釘づけになった。

あの写真が新聞に？　レオもぎょっとするだろう。それに一枚の写真がこんなに誤った印象を与えるとは驚いた。写真のふたりは手を握り合っているように見える。涙は写っていない。彼女は熱心に連れを見つめているとしか見えない。レオはほんとうにただの友だちだと言ってニコロスを安心させようとしたとき、彼の情事のスクラップブックが脳裏に浮かんだ。心が花崗岩のように硬くなり、プルーデンスは唇を結んで押し黙った。つまり立場が逆転したら、ニコロスは気に入らないというの？　信じられない！

プルーデンスが否定し、説明するのをニコロスは待った。彼女が嘘をつかないのはわかっている。沈黙が続いたとき、彼は不思議なめまいとむなしさを覚え、突然何も考えられなくなった。その瞬間、頭のなかで爆発音が響いた。奇妙な感覚は消えて、もっと野蛮な、心をむしばむ怒りがわき上がる。ニコロスはプルーデンスを見ることもできなくなった。

「心を決めるまで二十四時間あげよう――」

「二十四時間？」

「わかっていないね」ニコロスは流れるような動きで振り向き、彼女に向き直った。その顔はきびしく、目は冷ややかだ。「僕が救うにしても、クレイグヒル農場はもう君の家にはならない。君はここにはいられないんだ」

プルーデンスはわけがわからず顔をしかめた。「どういうこと？　あなたはさっき――」

「よく考えてごらん。テオは僕にここを売らないよ。僕が君のために買おうとするのを彼は待っている。ひねくれているから偽の買い主を仕立てても、彼はだまされない。僕は君たちにどこか別の住まいを見つけるしかない」

「別の住まい？　わたしたちみんなの？　でもそんなことは無理だわ」

「この短期間ではたいへんな仕事になるが、無理ではない。十分な資金と人材を投じれば可能だ。僕は君のためにやってみせる」

プルーデンスは緊張した。ニコロスの長身と広い肩を意識して心は乱れている。触れそうなほど間近に彼がいる。そして彼に触れたい思いの強さにプルーデンスは愕然とした。最近あまりにも多くの衝撃を受けて苦しんできた。心の奥底では、ニコロスが奇跡を起こし、何もかもまた完璧にしてくれると心強い確信を抱いている。今度ばかりはそれもかなわず、状況は彼女が考えているよりはるかに悪い。ニコロスの援助があっても、この農場を引きはらわなくてはならない。プルーデンスの頭はずきずきし始め、とりとめのない考えが堂々巡りした。けれども、ひとつだけははっきりしていた。

「それを条件に妻になれと無理強いするなら、あなたは永遠にわたしの信頼を失うのよ」

ニコロスは濃い金色の瞳で挑むようにプルーデンスを見た。「ときには選択の余地がないこともある。これが僕たちの結婚を確実にするただひとつの道なんだ。君も今は僕の申し出を受けるしかないとわかっただろう。なぜなら、そうするしかないからだ」

プルーデンスは壁を見つめたまま、怒りに震えた。しかし歯を食いしばり、反抗的な言葉を抑えた。相変わらず彼は正しい。ニコロスは彼女のただひとつの選択肢であり、無駄にできる時間はない。

「わかったわ。あなたがこんな取り決めで何を得られるのか理解に苦しむけれど……わたしは……あなたの……妻になります」

ニコロスの大柄でたくましい体が緊張した。あの不思議なめまいのような感覚がよみがえる。ぎょっとしてウイルスにでも感染したのかと怪しんだ。彼は目を細くしてプルーデンスを見すえ、ゆっくりと深く息をした。「君は決して後悔しないよ」

「今はあなたが憎いわ……それが、あなたのほんとうに望んでいることなの？」

ニコロスは寝室の戸口から見えたベッドの白とピンクのリネンをちらりと見た。張りつめた体が熱い渇望で脈打った。僕は自分の望みを知っている。彼女は僕を憎んでいない。憎めるわけがない。ニコロスは彼女が自分を憎んでいると認めたくなかった。濃い金色の瞳がプルーデンスの反抗的な顔を見つめ、魅惑的な唇に向けられる。その視線は下に下りていき、心をそそる豊かな胸にしばらくとどまったあと、細いウエストから女らしい腰の丸みに移った。

「品物か何かみたいにわたしをじろじろ見ないで」プルーデンスは激しい憤りと屈辱を感じた。

「僕は夫だ……それは許されている。そして君がすばらしい体をそういう服装で懸命に隠しているのもよく知っている。僕は君が欲しいし、そう認めるのを恥とは思わない」ニコロスはプルーデンスのふっくらした下唇を人差し指でたどり、彼女が暴風に立ち向かうかのように身震いするのを見守った。「どのくらい僕を待たせるつもりだい？」

プルーデンスは生え際まで真っ赤になった。自分が今もニコロスの欲望の対象になると聞かされて、罪深い喜びを感じる。「やめて」

「無理だよ」

プルーデンスはみるみる弱気になるのを感じた。わたしも彼が欲しい。はしたないほどに。

怒りと自己嫌悪に引き裂かれ、彼女は欲望もあらわなニコロスの瞳から目をそらすと、震える脚を叱咤(しった)して戸口に歩み寄り、ドアを開けた。「わたしが妻として振る舞うのは新しい家に移ってからよ」

「冗談だろう……」ニコロスがささやいた。

プルーデンスは体にエネルギーが流れ込むような珍しい感覚を覚えた。彼が本気でわたしを求めている。理解できないけれど、ニコロスの熱い欲望はわたしに向けられている。彼にとって、すぐさま欲求は満たされるのが当たり前だ。待たされるのは、これまでになかったむずかしい経験なのだろう。

プルーデンスは精いっぱい背筋を伸ばした。そうすると、ずいぶん背が高くなった気がした。

「いいえ、冗談ではないわ」

ニコロスが不審な目を向けた。「取り決めでは――」

「わたしたちみんなに住む場所を見つけて、あなたが約束を果たしたら、わたしも約束を果たすわ」

「君は僕が約束を守れないと疑っているのか？」

「いいえ、でもわたしはしかたなくそうするのよ。そうでないふりをする気はないの。必要に迫られたら妻として振る舞うわ。いまだに結婚している感じがしないし――」

「だが、いずれそう感じられると保証するよ」ニコロスはものやわらかだが、すごみのある低い声でさえぎった。一語一語にギリシア風アクセントが際立っている。「時間を与えてほしい」

プルーデンスは取り決めを交わしたことがショックで、ニコロスが去ったあともしばらく宙を見つめていた。これで決まりだ。夢を紡ぐのをやめてから何年もたって、彼女はついにミセス・アンゲリスになる。でも今回は、ほとんど幻想を抱いていない。たとえ抱いていてもテオ・ディマキスとニコロス・アンゲリスがひと皮むけば同じだと知って打ちのめされていた。きっとニコロスは以前から不屈の手ごわい相手だったのだ。まさにニコロスのそういう資質を見抜いて、祖父は理想的な義理の孫息子になると思ったのだろう。プルーデンスは痛い経験からそれを知った。望むものを手に入れるとなれば、ニコロスは評判どおり無情で冷酷になれる。

でも妻は、社員や<ruby>もの</ruby>のようにたやすく支配されたりしない。わたしは反撃する力を持ち、どの男性にも劣らず強く冷静になれる。ニコロスもそれを学ぶ必要があるかもしれない。わたしがきちんと立ちまわってニコロスと決別するころには、彼も喜んで離婚に同意してくれるかもしれない……。

お茶の時間に飛び込んできたレオが、不愉快な新聞写真をプルーデンスの目の前で振りまわした。「これを見たかい？　生徒たちに見せられて、先生なのかとたずねられたときには肝をつぶしたよ。ステラになんと思われるやら！　金は借りられた？」

「しばらく結婚生活を試してみることにしたの」プルーデンスはできるだけさりげなく知らせた。

「そんな話、信じられないよ。彼は現代のカサノバだぞ。君のような道徳観を備えた女性が、よく三人の愛人がいる男と結婚生活が試せるものだ」

プルーデンスは目を伏せて、あいまいに肩をすくめた。レオは親友だが、計画のすべてを話すわけではない。ニコロスとはこっそりと、どんな手を使っても闘うつもりだった。彼が脅しを武器にするなら、女の狡猾さで対抗すればいい。結婚前の取り決めには、離婚の際に夫の財産を守るための条項はなかった。ニコロスはそれを考えたかしら？　考えなかっただろう。独立心の強さから、わたしは結婚から得る財政的な利益を長年拒んできたのだから。でも、わたしは方針を転換する。もしニコロスに不実な真似をされたら、ロンドン一の離婚弁護士を雇おう。すべてが終わったあかつきには保護センターの動物たちもみな一生、幸せな生活を送れるのだ……。

5

リムジンは樹木の茂った私道を進み、ゆるやかな丘の上で止まった。そこは豊かな緑地の中央にある、古い地所を眺めるのに最適な場所だった。

ただひとり乗っていたリムジンを降りたプルーデンスは、感動などしない決意だったのに心底感動していた。家屋敷にあまり興味を抱いたことはなかったが、オークミア・アベイのような建物を見たのは初めてだった。さまざまな高さの屋根と驚くほど細長い煙突が古びた石壁と縦仕切り(ムリオン)のある窓によく調和して温かい美しさを醸し出している。

自動車電話が鳴ったので、それに応(こた)えた。

「第一印象は?」もの憂げにたずねるニコロスの深く響く声にプルーデンスの背筋に震えが這(は)い下りた。

長々と話すには、まだ心の準備ができていなかった。「すてきな環境が楽しめそうよ」

「重役会議が長引いてあと一時間はそちらに行けないんだ。まず外と農芸用の建物を見てまわったらどう？　家のなかはいっしょに見よう」

運転手は前もって指示されていたとみえ、手入れの行き届いた農場内に車を向けた。そこでは彼女を案内するために地所の管理人が待っていた。ニコロスが動物保護センターとなる新居を見つけると約束してから一週間がたった。彼は古い建物にあまり魅力を感じないが、オークミア・アベイは何より重要と思われる必要条件を満たしていた。ロンドン近郊で現在は空き家、広大な土地と家畜小屋はもちろん、スタッフ用アパートメントとコテージも必要だった。

女性を見つけるのに苦労したことのないニコロスだが、ようやく屋敷裏の厩舎の庭でプルーデンスを捜し当てた。彼女は栗色の髪をそよ風になびかせ、扉の開いた小屋で干し草の山に腰を下ろしていた。十年前に買ったような風雨にさらされたぶかぶかの緑の防水ジャケットを着て、犬を撫でながら中年の管理人とほがらかにおしゃべりをしている。生き生きと笑う彼女はびっくりするほど魅力的で溌剌として見えた。ニコロスに気づくや卵形の顔がこわばり、愛らしい自然な笑みが消えた。それを見て彼はクリスマスを盗んだ男のような気分になった。

年長の男性に挨拶してから、ニコロスは親しげに手を差し出した。ふたりの関係の変化を彼女に受け入れさせたかった。「家を見に行こう……ふたりだけで見たいと不動産業者に言っておいた」

プルーデンスは干し草の山から下りた。いつになったらニコロスがふいに現れたときに感じる息切れと胸のときめきを克服できるのかしら。引き締まったブロンズ色の顔を見るたびに、傷つきやすい心がもだえうずく。彼は以前からずっとすてきだけれど、もっと特別で強烈な魅力が備わっている。ニコロスから目をそらして神秘的な美貌に心を動かされないようにしなければ、必要もない苦悶を味わうことになる。プルーデンスはニコロスの手を無視して、気まずそうに両手をポケットに入れながら、消極的抵抗だと胸に言いきかせた。不要な接触は避けること。気をつけるのよ。少しでも彼を励ましたり親密な態度を許したりしたらつけ込まれるわ。ニコロスには弱くて愚かな敵を利用するプログラムが組み込まれている。そのせいでわたしの心の平和がどうなったか見てごらんなさい。ニコロスを遠ざけておかなければ、彼はすぐにも目の前で輪を振り、指を鳴らしてわたしをくぐらせるだろう。

「これまでのところどう思った？」ニコロスは何げなくたずねた。彼は憤りを感じていた。プルーデンスは落ち着きを失い、温かさと人を疑わない率直さも消えている。どうしたというのだろう。ニコロスはこの結婚にチャンスを与えてほしいと彼女に迫った。彼は努力をいとわないつもりでいるのに、プルーデンスはなぜそうしない？　きっとレオ・バーリーに恋をしているのだろう。

「土地が広いのね……動物保護センターはほんの一部しか使わないわ。こんな大きな地所だと費用がひと財産かかるわ」

「その余裕はある。これ以上いい場所はない」

とげとげしい雰囲気で沈黙したまま、ふたりは正面玄関にまわった。かつて修道院だった屋敷のりっぱなホールには、内陣を仕切る凝った彫刻の障壁があり、床は敷石張りになっている。ニコロスは顔をしかめた。「冬はかなり寒そうだな」

プルーデンスは十六世紀の日付が刻まれた堂々とした石造りの煙突に感激していた。「暑すぎるのは健康によくないわ」ニコロスの横を通り過ぎ、庭園から遠くの美しい森まで見渡せる広々とした応接間に向かう。「この世の景色とは思えないわ。二十一世紀は存在しないみたい」

ニコロスは二十一世紀と科学技術に魅力を感じるが、黙っているべき時を心得ていた。ふたりの影が重なってもあとずさりするプルーデンスが、いにしえのたたずまいに感動している。建築上の統一感にはおかまいなくつなぎ合わされた部屋は〝チャーミング〟と称され、煤で黒ずんだ巨大な暖炉は絶賛された。彼女は広いだけの使いにくいキッチンを〝個性的〟と呼び、暖房装置と配線のやり直し、配管工事が必要に〝なりそう〟だとニコロスに教えた。そして彼にはどこも同じように陰気に見える羽目板張りの部屋に舞い上がり、バスルームがないという重大な欠陥にもまったく不都合を感じていなかった。

「まあ……主寝室には続き部屋があるのね！」奥まった場所にひっそりと置かれた大きなバスタブとビクトリア朝時代のほうろう引きのシャワーを見て、プルーデンスはひどく感激したようだった。「すばらしいわ」

ニコロスは時代遅れの備品をしげしげと見た。頭に浮かんだ言葉は〝すばらしい〟ではない。正直ぞっとした。彼の意見では、すべて廃棄場行きがふさわしい。アパートメントにはプール、ホットタブ、サウナがあり、バスルームにはジェットシャワー、スチーム設備、スパ用の浴槽がそろっている。そういったもののない生活はとても想像できない。

「この家は小さすぎる。大規模な増築が必要だが、ここは文化財に指定されているから、許可が下りる計画を立てるのは厄介だろう」

プルーデンスはニコロスの言葉には注意を払わなかった。うっとりした視線をしぶしぶながらバスタブから離すと、埃っぽい廊下に戻った。「寝室が十二もあって多すぎるくらいよ。でもあなたがそう思わないなら、きれいな中庭の裏手に使用人が使っていた住まいもあるわ。あそこなら母屋から行き来しやすそう」

ニコロスは動かされなかった。「家の状態も、説明から予想していたよりずっと荒れている」

彼の考え込むようなまなざしを受けながら、プルーデンスは彫刻された壁板を指先で撫でていた。「ところどころ少し設備を新しくしないと――」

「ところどころ？　どこも一九二〇年代のままだ」

「奇跡だわ。少しも損なわれていないのよ」プルーデンスはニコロスに夢見るような笑みを向けた。「幸せな家だったのね……なんとなくわかるわ」

オークミアにかかる費用にゼロをひとつ加えたニコロスは、プルーデンスにふたたびほほえみを向けられているのに気づいた。「ここに住みたいかい？」

「ええ……」広いホールに入った瞬間、彼女はひと目惚れしたのだ。こんなふうに突然強い感情を覚えたのは、八年前ニコロスに恋して以来だ。あれはずいぶん不幸な経験だった。煉瓦とモルタルを愛するほうがずっと安全だし、報われる。オークミアはニコロスの趣味ではない。彼は自分好みの贅沢な環境、最新設備に慣れている。それに歴史上の建物や田園生活に興味を示したことは一度もない。だがプルーデンスは気にしなかった。ふたりが別れるとき、財産分与としてこの地所を要求するつもりだった。いずれここは彼女の家、彼女の家庭になる。

プルーデンスのカールしたまつげが持ち上がるのをニコロスは見守った。彼女が心からこの家に魅せられたことに強い満足を覚えた。彼は勝利をもたらす家を選んだのだ。プルーデンスがまるで愛情が必要な生き物のように階段の手すりをやさしく叩くのを見たときには笑いそうになった。彼が知っている女性のなかでプルーデンスは最高に心のやさしい、真に女らしい女性だ。

心を奪われたような彼女のまなざしに、ニコロスは好奇心をそそられた。「何を考えている？」

当惑で彼女の頬が薔薇色に染まる。「別に何も」

ニコロスの形のいい口元に笑みがゆっくりと広がった。「君はきっと僕たちの……ここでの生活を考えていたんだろう」

一瞬プルーデンスは罪悪感を覚えた。だが、ニコロスの笑みで下腹部がかっと熱くなり、頭のなかの考えは燃えて灰になった。「もしかしたら……」

熱い静寂が流れた。輝く濃い金色の瞳と目が合い、プルーデンスは自分の女らしい体と小さな息遣いが急に気になり出した。彼女は努めて背筋を伸ばし、胸のふくらみのうずきを静めた。

ニコロスはプルーデンスの頭のすぐ脇で壁に手をつくと、彼女の唇の隅に軽くじらすようなキスをした。プルーデンスは小さくあえいで首を曲げ、さらなるキスを求めた。ニコロスの息が彼女の頬をなぶる。彼はふっくらしたプルーデンスの下唇をもてあそび、すばやく上唇に舌をすべらせた。「ニック……」彼女は身を寄せてもっと多くをせがんだ。彼の情熱的な唇を求めて全身が燃え上がる。

「ミスター・アンゲリス？」ホールで声がした。

はっとわれに返ったプルーデンスは、手荒く平手打ちされたかのようにニコロスからあとずさりした。

ニコロスは愉快そうにささやいた。「リラックスして。不動産業者だよ。僕とうちに帰ろう」
プルーデンスは真っ赤になった。「それは忘れて！」彼女は急いで不動産業者を迎えに行った。

ニコロスは豊かな黒髪を苛立(いらだ)たしげにかき上げ、ため息をついた。自分の条件を押しつけておいて、早くから多くを期待しすぎた。だがこの当惑が消えないのはプルーデンスのせいだ。ニコロスが知り尽くしているはずの彼女は、おだやかで心やさしく、落ち着いていた。ところが今、相手をしている女性は情熱的で強情、そして途方もなく怒っていた。

豪華な花束のなかの薔薇の馥郁(ふくいく)とした香りに、プルーデンスは深く息を吸った。だが額は心配そうにしわが寄り、まなざしは緊張している。

二時間後、彼女はクレイグヒル農場に決別し、ニコロスの妻としてオークミア・アベイに移り住む。このときから彼が本物にしたいと言った結婚が試されるのだ。もし彼が信頼を裏切ったら結婚は終わる。プルーデンスは自分の信じるもののために闘うしかない。しおれかけの壁の花はニコロス・アンゲリスに似合わない。過ちを繰り返し、彼に思いを寄せるわけにはいかない。彼女に胸の張り裂ける思いをさせ、恥をかかせた不実な夫は、決して幸せをもたらしはしないのだから。そういうわけで彼女は主治医を訪れ、避妊薬をのみ始めていた。長く続きそうもない結婚で妊娠する危険は冒せない。

ニコロスはプルーデンスが過去のものにしたい結婚を無理強いした。それでもこの数週間、これ以上ないほど思いやりを示した。姿は一度も見せなくても毎日電話をよこし、時間をかけて彼女の生活に手が足りなくないか確かめた。まず引っ越し作業はすべて業者が面倒を見た。ドッティとサムは提供されたコテージに大喜びし、ひと足先に引っ越した。この三日間で動物はみな移されてオークミアに落ち着き、動物保護センターの常勤スタッフが雇われた。

ニコロスはプルーデンスに服まで送ってきた。彼女の買い物嫌いを知っているニコロスの配慮だった。けれどもプルーデンスは全然うれしくなかった。彼が有名なプレイボーイで、女性の服装やサイズを知りすぎていることを思い出させられるばかりだ。

プルーデンスはドアのところに吊り下げた華やかなホルターネックのロングドレスとボレロジャケットを見て顔をしかめた。ニコロスは今日を特別な日にする決心らしい。サプライズ・パーティのようなものがあるのかもしれない。ふたたびニックの友人や身内の人たちに挨拶すると思うと身がすくむ。あれは偶然にしてはウエディングドレスに似すぎている。白いシルクのシースドレスは、十九歳のときに着たフリルつきのおぞましいサテンのドレスよりかなり上品で洗練されているが、花嫁を連想させた。

プルーデンスが迎えのリムジンに乗ったころ、最後の持ち物を荷造りする引っ越し業者が着いた。リムジンには雑誌が数冊置かれていた。たいした興味もなくファッション誌をめくっていると、見慣れた顔が目に入ってプルーデンスは動きを止めた。カシア・モリキスだ。彼女はテレビのメロドラマのスターとして演技力を大いに活用し、イギリスのロックスターと結婚した。最近その夫が亡くなり、前妻たちや子どもたちによる遺産争いが見出しを飾っていた。プルーデンスはカシアの際立った顔立ちをじっくりと眺め、ひとつでも傷がないかと明かりにかざした。だが、カシアは今でも信じられないほど美しく、プルーデンスは落胆した。

意地悪な性格はこの金髪女性の顔には出ていない。プルーデンスがニコロスと結婚した日、カシアはあらゆることで彼女を出し抜いた。彼女も白いドレス姿で、当然ながらはるかに見映えがした。一カ月前までカシアがニコロスの恋人だったのは周知の事実で、彼女は同情され、気遣われるのを楽しんでいた。

〝あなたはどこもかしこも大きいのね、プディング〟誰にも聞かれていないとき、カシアは独特の甘ったるい声でプルーデンスにささやいた。〝かわいそうに、今夜ニックは目を閉じても、ベッドでいっしょに寝ているのがわたしだと思い込むことすらできないでしょうね！〟

〝やめて〟プルーデンスは傷ついた口調で言った。

〝いいえ、ニックもわたしもやめないわ。結婚指輪は差し上げるわ。彼のもので、あなたの手に入るのはそれだけよ〟カシアは意地の悪い笑みを向けた。〝なぜハネムーンに行かないと思うの？　ニックがそんなに長くわたしと離れたくなかったからよ〟

不愉快な思い出がよみがえり、プルーデンスは身震いした。その後まもなく、カシアはニコロスは自分のものだと見せつけて、さらなる脅威を与えたのだ。ニコロスの姿が見えなくなったとき、プルーデンスはその金髪美人といっしょの彼を目撃するかもしれないとは思いたくなかった。カシアと抱き合っているニコロスを見たとき、花婿に感じていた信頼はことごとく打ち砕かれた。数週間前に聞かされた彼の説明は事実なのだろう。カシアは陰謀を巡らし、けしかけたのかもしれない。ニコロスは彼女の誘惑をはねつけたのかもしれない。いずれにしてもプルーデンスはそれがわかる前にその場を逃げ出した。

リムジンがついにオークミア・アベイの正面に止まり、プルーデンスは玄関まで敷かれた赤い絨毯に降り立った。驚きのあまり一瞬かすかなめまいがしたものの、すぐに家の変化に目を奪われた。一週間前ニコロスは清掃人と室内装飾家の一隊をオークミア・アベイに送り込み、数部屋を選んで住めるようにした。彼はびっくりさせたいと言っていたが、家にそぐわない色彩設計と調度品で雰囲気が台なしにされるのではとプルーデンスは心配していた。

玄関のドアは開け放たれていた。プルーデンスはゆっくりとなかに入り、冷え冷えとしたホールで火が燃えているのを見てほほえんだ。テーブルに飾られた豪華なフラワーアレンジメントと、新たに置かれた座り心地のよさそうなアンティークの椅子が、ますます歓迎の雰囲気を醸し出している。

「感想は？」ニコロスがたずねた。

プルーデンスが振り向いたとき、白いシルクのドレスが渦巻くように脚にまつわりついた。壁際の陰にニコロスがいる。鉛枠の窓から差す光が彼の黒髪と、引き締まったすばらしい顔を輝かせた。彼女は口の乾きを覚えて大きく息を吸った。「わたし――」

「そのドレスはよく似合う」ニコロスの濃い金色の瞳が熱で溶けた蜂蜜のように彼女を包んだ。

「そんなことを言う必要はないのよ」

「僕には言う必要があるし、君はちゃんと聞かなくてはならない」ニコロスは決然と彼女の手を取ると、反対側の壁にかかる鏡の前へと連れていった。「僕が見るものを君も見るようにしなくては——」

プルーデンスは目をきつく閉じて、反抗的に顎を上げた。「いやよ。わたしはお世辞は嫌いなの」

ニコロスはしなやかでたくましい体にプルーデンスを引き寄せた。「これはお世辞じゃない……そのすばらしい体に合う服を着るのは初めてだろう」

彼女は目を開けて天を仰ぎ、ほめ言葉を本気にしていないことを示した。「わたしはスタイルが——」

濃い金色の瞳がもどかしそうに光った。「僕がなぜ君のお母さんを嫌っていたかわかるかい？　彼女が君をけなしておもしろがっていたからだ。君の顔立ちと……そのみごとな髪を見てごらん」

プルーデンスは鏡に映るニコロスを見つめた。

「君は男心をそそる体に恵まれている」ニコロスは両手をすべらせてプルーデンスの胸を横から包み、彼女を動揺させた。「僕はこれが大好きだ」

「ほんとうに？」プルーデンスは声をうわずらせ、魅せられたように鏡を見つめた。ニコロスの手は彼女の脇腹を下りて細いウエストで一瞬止まり、それからなまめかしいヒップを包み込んだ。

「わかるかい？」ニコロスはプルーデンスのみぞおちで手を広げ、興奮した体にそっと引き寄せた。

彼女は頬をほてらせ、押し寄せるこよなく女らしい満足感にひそかにひたった。

「君はセクシーだと僕が言ったら……君はセクシーなんだ」ニコロスがハスキーな声で言い、彼女の首筋にじらすように唇を這わせた。プルーデンスは身を震わせた。「だが、今はもっと大切な行事がある。隣の部屋で八年前、僕たちの結婚式を執りおこなった司祭が結婚を祝福するために待っているんだ」

プルーデンスは幕間（まくあい）の熱いささやかなできごとに困惑した。なおも脚はがくがくしている。彼の言葉でますます落ち着きを失った。「なんですって？」

「君は僕と結婚した感じがしないと言っていた。祝福を受けたら実感がわくかもしれないと思ってね」

プルーデンスは唇を結び、古びた敷石をにらんだ。こんな伝統的な行事をしてまで、わたしを感激させようとするなんて！　わたしを妻にとどめるために脅迫まがいのことをしたのに、どういう神経をしているのだろう！

「結婚が順調にいくように努めると僕なりに表明したいんだ」ニコロスは悪びれた様子もなく言った。

「でも、わたしにはその気がないのよ」

ニコロスは顎をこわばらせてプルーデンスを見つめた。「時間がたてば、君は必ず……」

プルーデンスは何も言わなかった。今はその点を議論している場合ではない。老司祭ファーザー・ヴァソスがうれしそうにふたりを迎えた。彼から輝き放たれる誠意に触れ、プルーデンスはきまりが悪くなった。これから語られる言葉に心を閉ざしているのに、どうして祝福を受けられるのかしら。今でもニコロスを狂おしいほど愛している。彼にもう一度チャンスを与えるのはそんなに愚かなこと？　ニコロスに新しい結婚指輪をはめてもらったときには、ふいに込み上げた感動で喉を締めつけられた。ファーザー・ヴァソスが帰るころ、プルーデンスの頭は混乱し、どんな方法を使ってもニコロスと闘おうという決意は揺らいでいた。

ニコロスが別の部屋にプルーデンスを案内した。テーブルには糊(のり)のきいたリネンに輝く銀器が並べられていた。「わたしたちふたりだけなの？」

「三人以上は多すぎる。僕は君を独占したい」

「お料理は誰が？」この日を特別な記念日にするためにニコロスは入念な準備をしたのだ。プルーデンスは驚きを顔に出さないようにしようと決心した。

「パリからシェフを連れてきた。今回は何もかも完璧(かんぺき)にしたい。君には最高のものだけがふさわしい」

影のように静かで控えめなスタッフによってキャンドルに火が灯(とも)された。食事はおいしかった。プルーデンスはさまざまな料理を味わいながら、ニコロスのセクシーで快い響きの声に耳を傾けた。彼といるととても楽しいのは確かだ。日に焼けた男らしい顔、まぶしい瞳、美しい唇を何度も見てはうっとりした。胸がときめくと注意を食事に戻し、夢見る女学生のように心をさまよわせる自分を叱(しか)った。

次に輝く新しい結婚指輪に注意を向けた。指輪は八年前アテネに置いてきたので、これは心こまやかなうれしい贈り物だ。細いプラチナの指輪を見つめたとき、苦労して手に入れた皮肉な見方は消えそうになった。豹も斑点を変えて忠実な夫になり、温かい家庭の団欒と家族を大切にできるかしら。

「食事はもう十分？」ニコロスがもの憂げにきいた。

プルーデンスはうなずいた。声を出せば、この場を包む魔法を破ってしまいそうだ。

ニコロスが立ち上がって手を差し出すと、プルーデンスは何も考えずに自分の手を預けた。

「踊ろう……」

部屋の外に導かれたとき、プルーデンスは笑った。「どうしたらダンスができるの？」

そのとき音楽が聞こえた。彫刻をほどこした仕切りの上のほうから聞き覚えのある旋律が流れてきた。家具は壁際に寄せてある。ニコロスの楽しげなまなざしと目が合い、彼女はびっくりして声をあげた。

「あそこで演奏しているの？」

「僕たちふたりのために」ニコロスはプルーデンスに腕をまわし、彼女に息つく暇も与えずくるりと回転させた。「八年前、君は僕と踊ることすら拒んだ」

プルーデンスはひるんだ。「あまりに緊張して結婚式のお客さま全員の前に立てなかったの。でも、あなたがダンスを申し込んだのは一度だけだった」

「冷淡になるしかなかったんだ。僕はまだ少年で、プライドを傷つけられた。君のおじいさんが孫に夫を買い与えたのは周知の事実で――」

「ニック……そんなふうに考えていたの？　あなたと同じで、わたしも選択の余地がなかったのよ！」

「正真正銘の相続人をつかまえるとは運のいいやつだと友だちに言われたよ。テオは当時からクロイソス王より大金持ちで、金遣いの荒い僕の父は破産の瀬戸際だった。その金のせいで僕は身も心も君のものになったような気がしていやだった」ニコロスはぶっきらぼうに応じた。

プルーデンスはほかのことではあんなに正直なのに、なぜふたりの結婚に選択の余地がなかったふりをする必要があるのだろう。「全額返済するまで僕は気が休まらなかった」

「まさか……そんな」プルーデンスはその告白にぎょっとした。「あなたがそんなふうに感じていると知っていたら、わたしは生きていけなかったわ」

「だが僕はそう感じていたんだよ」

「プライドが高すぎるのね」

「そうかもしれない。確かに、先月遺言から君の名を削るとテオに言われたとき、僕はほっとした。おかげで僕たちはもう彼の干渉を受けないですむ」

ニコロスは音楽に乗ってプルーデンスの体をくるくるまわしながらホールを巡っていく。彼女は楽しくなった。夢の男性に抱かれて舞い上がっていた。「あなたとの結婚式がこんな感じだったら、どんなによかったかしら」

「そう。これはこうあるべきだったという姿だよ」ニコロスはきっぱり言うと、彼女にキスをした。

プルーデンスの体は痛いほど張りつめ、エネルギーの火の玉が内側を走り抜けた。

「あれは予定外だった。今度は完璧を目指すよ。ケーキカットをして、シャンパンを飲んで――」

プルーデンスはニコロスの襟をつかんで爪先立ち、熱っぽくささやいた。「ケーキとシャンパンはベッドに持っていけばいいわ……」

ニコロスは驚いて彼女を見た。「プルーデンス・アンゲリス……どうしたというんだ？」

プルーデンスはほてった顔をニコロスのスーツのジャケットに埋め、なつかしい香りにうっとりした。心が弱くなった気がする。「完璧を目指すなら、無理に予定に従おうとするのは間違いかも……」

ニコロスはそれもそうだとばかりに声をあげて笑い、さっさと彼女をホールから連れ出した。

6

ニコロスはプルーデンスを抱き上げて主寝室に入ると、四柱式のベッドに下ろした。彼女は靴を脱ぎながら、凝った天蓋(てんがい)をうっとりと見上げた。周囲には薔薇(ばら)をあしらった美しいカーテンがかかっている。「夢がかなったわ。昔からこんなベッドが欲しかったの……よくわかったわね」

「少女らしい寝室が、君はロマンチストだと君に代わって教えてくれた」

プルーデンスは鼻にしわを寄せ、上半身を起こして膝を抱えた。「わたしはロマンチストじゃないわ」

ニコロスが愉快そうに見つめた。「それは罪じゃない」

カールしたまつげにプルーデンスの表情は隠れたが、顎のこわばりが気持ちを代弁していた。

「君はずいぶん用心深いね。僕が信じられない？」

プルーデンスはうなずいた。

ニコロスは返事の早さにめんくらった。「それにしても、ある程度は信頼してくれているだろう」

プルーデンスは首を横に振った。

「あきれたな……君は僕の妻だぞ！」

「わたしが今日ここにいる理由をお忘れなく」

ニコロスのまなざしが熱波のように揺らめいた。「僕はこの結婚のために闘っている……なぜ君はそれを認められない？」

「あなたのやり方が気に入らないからでしょう」

「いつの日か君は僕が君のために闘っていたことを喜ぶだろう」ニコロスは自信たっぷりに宣言した。

「つまり、あなたはずっとわたしのために闘っているということ？」プルーデンスはその強い確信に驚いた。彼のめざましい成功の秘密はその考え方にあるようだ。脅迫を義侠(ぎきょう)心と夫婦の深い愛情のなせる業と言われても感激できるわけがない。

ニコロスが頭を振り立てた。「ほかに何がある？」

「あなたがそこまで骨を折る理由をまだ聞いていないわ」プルーデンスはおだやかに指摘した。

ニコロスはなぜそれがわからないのかという顔をした。「君は僕の妻だ。ほかに理由が必要か？」

プルーデンスは肩をすくめた。ニコロスに理由がわからないなら、彼女にはなおさらわからない。

「今日は楽しかったかい？」

濃い金色の瞳と目が合い、プルーデンスの胸は締めつけられた。彼はそれほどまでに美しい。

「結婚式の日よりもずっと……」

「もっとすばらしい夜になるよ」ニコロスは約束し、プルーデンスの肩からボレロジャケットを脱がせた。

めまぐるしく働いていたプルーデンスの頭は考えることをやめた。くすぶる濃い金色の瞳に見つめられると、息をするのもむずかしい。見つめられるだけで欲望が広がっていく。弱さを克服しようとプルーデンスは彼を引き寄せ、ネクタイをゆるめた。

「突然僕の服を脱がせたくなるところが気に入った」ニコロスの熱いまなざしが彼女と溶け合った。

顔が燃えるように熱くなったが、プルーデンスの決意は変わらなかった。膝をついてニコロスがジャケットを脱ぐのに手を貸し、悔しいほどぎこちない手つきでシャツのボタンをはずそうとする。「でもあなたのいつもの相手ほどわたしは――」

ニコロスは当惑してプルーデンスの手を握った。「君に対する僕の気持ちを過小評価してはだめだ。これは僕にとって特別なんだ」

その言葉を信じたいけれど、信じるのが怖い。プルーデンスは一瞬ためらった。「ほんとうに?」

「もちろん……」ニコロスは思いがけないやさしさで唇を重ねた。

彼の舌が分け入り、プルーデンスは悩ましい期待でぼうっとなった。意志の力で懸命に抑えてきた渇望がぶり返し、その激しさに衝撃を受けた。重なった唇と舌の巧みな動きだけで、熱病にかかったように彼女の体が震え出す。

ニコロスは瞳をきらめかせながらホルターネックをはずすと、ゆっくりと豪奢（ごうしゃ）な布地を引き下げていき、形作られたボディスからふくらみを解放した。

「すばらしい」ニコロスはくぐもった声で言った。

クリームのように白い胸のふくらみと、注目されるのを待っている薔薇色のつぼみに心を奪われ、彼はプルーデンスを枕（まくら）に押し倒すと、彼女の腰を包んでいたドレスをするりと抜いて脇（わき）に投げた。満足げな声をもらして身をかがめ、唇で胸の頂をもてあそぶ。プルーデンスの下腹部がかっと熱くなって、腰が緊張した。痛いほどに体がうずいている。

「それに君はとても賢い」ニコロスは熱っぽくささやき、名残惜しそうに体を離して服を脱いだ。

「わたしが？」ニコロスが目覚めさせた官能に、プルーデンスの体は張りつめ、けだるさを感じていた。言葉を発するのもひと苦労だ。金色の瞳には炎が燃え、開いたシャツから胸毛に覆われたたくましい褐色の胸が見える。彼は息をのむほどすてきだった。

ニコロスは賞賛のまなざしを向け、満面の笑みを浮かべた。「君はいやだと言い……僕を待たせた。辛抱には慣れていないが、思いがけない恩恵があった。こんなに興奮したのは十代のとき以来だ」

プルーデンスは困惑と満足が入りまじった思いで、ニコロスが明らかにした重要な事実に気づいた。彼はほかの女性で欲望を満たす気はなかったのだ。富裕で有力な大物実業家には、いつでも手の届くところにベッドの相手をする女性たちがいる。つまり、ニコロスは妻に忠実でいようと新たに決心したということだ。プルーデンスは幸せに包まれた。結婚においてもハードルを高くすれば、彼は競って勝ちたいという生まれながらの欲求から、妻の期待に応(こた)えようと励むかもしれないと初めて思った。

「そういう角度からは考えていなかったわ」慎み深く振る舞うよりも、今はほほえもうと努めた。

「僕は君をあらゆる角度から考えたよ、僕のいとしい人(アガピ・ムー)」彼は高まった体で堂々と彼女のもとに戻った。

わたしは彼のいとしい人になれるかしら。ずっとそうなりたいと願い、夢見てきた。そのためならプライドを危険にさらしてもかまわない。ニコロスがベッドに横たわったとき、プルーデンスは口のなかがからからになった。彼は異教の神さながらの、しなやかで力強い男性美の持ち主だ。

「ニック」むさぼるようなキスを受けながらプルーデンスはささやき、手を広げて彼の熱く固い上半身に触れた。「あなたを見ると、わたし――」

「見るだけでなく……触れてごらん」ニコロスはプルーデンスの瞳を見つめたまま、彼女の手を彼の平らな腹部の下へと持っていった。

プルーデンスは硬直した。「どうすれば――」

「僕が楽しく君に教えてあげるよ」

新しい技を学ぶのがこんなに刺激的で、こんなに心強くなれるものとは思わなかった。プルーデンスは初めて知る親密な喜びにひたった。ニコロスに自由に触れて探り、彼を自制心の限界まで駆り立てるのは誘惑そのものだった。

ニコロスがそっと悪態をつき、身を引き離したとき、金色の瞳は情熱に燃えていた。衝動を抑えるのがどれだけむずかしいか伝わってくる。大柄な体は汗で光り、盛り上がる筋肉は震えている。

「もう十分だ……」

「楽しみに水を差すのね……」プルーデンスはけだるいまなざしでニコロスをちらりと見てほほえんだ。

ニコロスはすっかり当惑した。彼女は性の女神のようにゆったりと枕に身を預け、生まれながらのセクシーな魅力を全身から発散している。突然激しい嫉妬(しっと)がわき上がり、彼をナイフのように切り裂いた。僕が彼女に教えたのだろうか。このあいだまでバージンだった妻は、前戯だけは並はずれた経験の持ち主なのだろうか。そうだとしても文句は言えない。モラルを持ち出すとは、何さまのつもりだ？　なぜこんなことにこだわるのだろう。僕には嫉妬も所有欲もない。僕は妻の昔の恋人を詮索(せんさく)するようなみじめな男ではない。もちろん違う。

「君は経験があるのかい？」

プルーデンスは笑った。「いいえ、ないわ——」

「あったはずだ。君にはすごい素質がある。いいんだ、僕は気にしない」ニコロスは硬い笑みを見せた。

プルーデンスは彼の引き締まった体に寄り添った。「わたしはあなたに触れるのが好きなだけ——」

「君が欲しい」全身が熱く脈打つなか、ニコロスはもう一度彼女を枕に押し倒し、キスを求めた。

けだるさが一瞬のうちに渇望に変わり、プルーデンスの体の中心が熱くなった。ニコロスのいたずらな唇と巧みな指が胸の頂を攻め立て、官能の火花を散らす。いつしかプルーデンスはこらえきれずに身もだえしながら腰を浮かせていた。

「君はこれ以上自分を抑えなくていいよ」ニコロスがくぐもった声で言い、情熱のくすぶる金色の瞳でプルーデンスを見つめた。「僕が――」

「力を合わせるんじゃないの？」

「いや……僕は昔気質の男で、これは僕たちが逃した初夜だ。君はただ僕にまかせていればいい」

プルーデンスはニコロスの強靭な喉を唇でたどった。舌で味わい、ときには歯を立てる。

無邪気な催促にニコロスは身震いしてうめいた。「君のおかげで僕はどうかなりそうだ」

「これはわたしの初夜でもあるのよ」プルーデンスの爪先が彼のふくらはぎをすべる。

ニコロスは彼女の手を両手で押さえると、輝く濃い金色の瞳で見下ろした。プルーデンスも目を見開いて見つめ返し、舌先で下唇を湿らせる。

「君は魔女だ」ニコロスは誘いを受けて荒々しくプルーデンスの唇を奪った。キスで体をたどりながら、彼女も自分に劣らず求めているのを確かめていく。

彼の愛撫がとうとう中心に移ったとき、プルーデンスは熱く甘い喜びに激しく身を震わせた。体の奥で欲望が渦巻いている。彼女は胸を高鳴らせて身をよじり、欲望の激しさに耐えかねて声をあげた。痛みを感じるほどニコロスが欲しくてたまらない。

ようやく彼を迎え入れた瞬間、プルーデンスは押し寄せた強烈な快感に圧倒された。ニコロスが深く身を沈めたときには恍惚として、すすり泣きをもらした。体は張りつめて、情熱的な責め苦から解き放たれるのを待っている。やがてどんな望みより勝るエクスタシーに襲われ、彼女はとぎれとぎれの叫び声をあげて身を震わせた。甘い歓喜に満ちた解放の波が全身をのみ込んだ。

余韻のなか、プルーデンスはニコロスのハンサムな顔を見つめていた。こんな満ち足りた気持ちは初めてだ。頭の片隅に浮かびそうになった不安と疑念を振りはらい、至福を味わうことにした。今は彼はわたしのもの。わたしの夫、わたしの恋人、わたしひとりのものなのだ。それがひとときだけだとしても、かまわない。いつも最悪の事態を予想するわびしく味けない女性になりたいの？

「驚いたよ」ニコロスはかすれた声で言った。驚いたばかりか、なぜこのセックスが今までになくよかったのか、理由を説明できない自分に当惑していた。ふたりとも情熱的で、彼女は僕の妻だ。それが不思議な作用を起こしたのだろうか。ニコロスの眉間のしわが深まり、不安が高まった。

彼が不器用なくらいの愛情をこめて抱き締めたので、プルーデンスはにっこりした。彼はなんて魅力的なのかしらと思いながら、ニコロスの乱れた黒髪をいとおしげに指で梳いた。

「君はとても情熱的だね」ニコロスはもの憂げに体を伸ばし、プルーデンスの愛撫を楽しんだ。

彼女は自信を持って彼に触れている。「きっとすばらしいハネムーンになるだろうな、ミセス・アンゲリス」

「ハネムーン？　そんな話は初耳だわ」

「びっくりさせようと思ってね。この二、三週間、なぜ僕がこんなに忙しかったと思う？」ニコロスはぼんやりとプルーデンスの長い栗色の髪を指に巻きつけた。「ふたりで過ごす時間を作ろうと――」

〃ハネムーン〃と聞いただけで怒りがわき上がり、プルーデンスは驚いた。結婚式の日、カシアがハネムーンに行かない理由を持ち出して嘲(あざけ)ったことは決して忘れられない。プライドを傷つけられ、プルーデンスは髪を振ってニコロスの手を払った。「わたしは動物保護センターを離れられないわ――」

「もちろん離れられるよ。だから僕は有能なスタッフを雇うよう主張したんだ」

傲慢(ごうまん)な言葉にプルーデンスはかっとなった。「好きなだけ言えばいいわ。でも、わたしは動物たちを残してくだらないハネムーンに行く気はないの！」

「そうだろうとも。もし八年前に同じ機会があったら、僕たちはいやでも誤解を解いていたに違いない。ハネムーンが終わるころには、この結婚もなんとかなっていただろう。今回は何もかもきちんと――」

「悪いけれど、そんなふうにわたしの人生を仕切り直すことはできないわ。責任ある人間は自分本位でない選択をしなくてはならないときもあるの」

高飛車な言葉に、ニコロスはうなった。

「あなただってわかっているはずよ。そうでなければ、どうして八年前わたしたちは結婚したの？」

「君も僕と同じで選択の自由がなかったなんて、見栄（みえ）を張るのはそろそろやめたらどうだ？」

プルーデンスは身を起こし、シーツで胸を覆った。「何が言いたいの？」

「君が僕と結婚したのは、僕に熱をあげていたからだ。結婚によって大きな犠牲を払ったふりはしないでくれ！」

「ずいぶんうぬぼれているのね。わたしには選択の自由はなかったわ。あなたと結婚しなければ母に援助はしないと祖父に言われたのよ」

ニコロスの翼のような漆黒の眉がぐっと寄せられる。「テオが君の母親に援助だって？　どうやって？　君はなんの話をしている？」

「わたしがあなたと結婚したのは、母がアルコール依存症でたくさん借金があったからよ。母はお酒を死ぬほど飲んでいたわ。リハビリ施設がただひとつの希望だった」

ニコロスは寝具を押しやってベッドから出ると、真剣な表情でプルーデンスを見つめた。

「最初から話してほしい……トリクシーの援助をしないとテオに言われたと君は言っていた

ね」

「ご存じのように、益にもならないことをするのは彼の流儀ではないの。わたしの母が生きようと死のうとどうでもいいと言われたわ。あいにく、借金を清算して母をリハビリ施設に入れるにはテオの資金援助が必要だった。彼がその見返りに要求したのがあなたとの結婚だったのよ！」

「知らなかった……」ニコロスは険しい表情になった。「なぜ話してくれなかった？」

今度はプルーデンスがめんくらう番だった。「ほんとうに知らなかったの？」

「誰も話してくれないのにどうしてわかる？」

「質問されなかったし、当然知っているとばかり……わたしはあなたの家族の経済問題を知っていたけれど、あなたからは何も聞いていないわ。母が困っているなんてあまり話したいことではないもの」

「君のお母さんはアルコール依存症だったそうだが、僕が会ったころには病人に近く、もう飲んでいなかった。彼女の問題がそんなに最近のことだったのも、僕たちが結婚する前テオが彼女を経済的に面倒を見ていなかったのも僕は気づかなかった」

「彼はトリクシーを軽蔑していたの。わたしたちが父方の家族から受け取ったのは農場に住む権利だけよ。といっても悪く取らないで……この数年でわたしは安心して暮らせることを感謝するようになったわ」彼がこんなに長いあいだ結婚の裏の真実を知らず、どちらもそれに気づかなかったなんて。身構えていたプルーデンスだったが、ふいに身がすくむような狼狽を感じた。「ちょっと待って、あなたはわたしが熱をあげていたから、あなたと結婚するチャンスに飛びついたと思っていたの？」

彼女も状況の犠牲になって結婚したと知り、ニコロスは唖然としていた。「ほかに考えようがないだろう？」

屈辱が込み上げ、プルーデンスは蒼白になった。「つまり、あなたは祖父がわたしに夫を買い与えたと考えた。わたしは必死で、なんとしてもあなたをつかまえようとしたと信じていたのね！」

「シャワーを浴びたい」ニコロスは生まれて初めて退却が最良の策と判断した。確かにそう信じていた。短気で傲慢な彼は疑いもしなかった。あのときの思いは軽蔑と反感だけだった。いやみな親戚連中からは、相続人を引きつける魅力があってよかったなと言われた。とにかく、プルーデンスは彼の家族を救う力を備えていた。ニコロスのプライドは傷ついたが、結局はこんな方法で彼を夫にしたプルーデンスを許した。というのも、彼女に愛されていると信じていたからだ。彼はそれを当然のように思っていた。

今その絵図がすっかり変わり、ニコロスは突然足元が揺れるような気がした。プルーデンスに冷酷な仕打ちをしたテオを破滅させてやりたいところだが、彼女に離婚を求められたときニコロス自身も同じく容赦ない方法を用いた。彼女は僕を愛したことがあったのだろうか。ただの憧(あこが)れなのだろうか。八年前の結婚の事情がわかった今、まともな男なら妻を自由にするだろう。ニコロスはこぶしを握り締めた。まともな男のことはいい。彼女がレオに恋をしていたらどうする？　それは忘れてもらうしかない。

プルーデンスは憤りと傷心の涙を浮かべ、悔しさに身もだえした。よくもわたしがそんなに哀れな女だと思えたものね。彼に夢中だから、どんな結婚でも同意するだろうと考えていたの？　どれほどふたりの関係が希薄だったか、またしても思い知らされる。お互いプライドが高くて心を開くこともなく、わだかまりを解消する機会は一度も訪れなかった。

結婚当初ニコロスのアパートメントは大がかりな改装中だったので、やむなく彼の実家で新婚生活が始まった。ふたりは鍵のかかるドアをはさんで隣り合った寝室で眠った。ニコロスのよそよそしい家族に囲まれ、プルーデンスはそれまで以上に孤独でみじめな気分だった。何週間もたたないうちに母の病気を口実にアテネを離れたので、ニコロスとは何も分かち合うことはなかった。ハネムーンに行っていたらきっと違っていただろう。

わたしはプライドのせいで、結婚を成功させる最高の機会をつぶそうとしているのかしら。ニコロスがふたりきりで過ごしたがっているのを喜ぶべきでは？　非協力的な態度が何より恐れている事態を引き起こしかねないと悟り、プルーデンスは度を失ってベッドから出た。一瞬めまいがし、いきなり立ったせいだろうかと考える。シャワーが止まる音を聞き、彼女はニコロスが脱ぎ捨てたシャツを着た。彼の匂いとデザイナーブランドのオーデコロンの香りがする。なじみのある芳香を貪欲に吸い込んだところで、われに返って自分に恥じ入り、顔を赤らめた。

「ニック？」プルーデンスは広いバスルームの戸口でためらいがちに声をかけた。家を下見して以来、初めてなかを見てびっくりした。ビクトリア朝のものは残してあるが、バスルームの一方の側には現代的な設備がずらりとそろっていた。「すごいわね」

「カップル用だ」ニコロスは優雅な手つきで濡れた黒髪を後ろに撫でつけた。「建築家がもっといい解決法を思いつくまでの一時しのぎだよ」

ニコロスから目をそらすのは禁欲を実践することだとプルーデンスは悟った。引き締まった腰に無頓着にタオルを巻き、黒い胸毛にしずくを滴らせた彼の姿は、はっとするほど華麗に見えた。

「ハネムーンのことだけど、考え直したの。さっきは失礼だったかもしれないわ。動物保護センターのことが気になってしかたがないの。ここには管理人がいるから気をもむ必要はないわね」

情熱のくすぶる濃い金色の瞳がプルーデンスを眺めまわす。「まったくない。僕のシャツを着た君はとてもすてきだ。脱がせたくなるよ」

ニコロスが彼女の手を取り、体を引き寄せた。プルーデンスは口のなかがからからになった。いつ出発するのかたずねるべきだとわかっていたが、シャツを脱がされたときには質問をする力を失っていた。

プルーデンスにとって盛装は違和感があった。ニコロスはハネムーンに出かける前から一流デザイナーの服をそろえてくれたが、彼女はほとんど着ることもなく三週間近くを必要最小限の服で生活していた。それを思い出すと笑みが浮かんでくる。

ニコロスは彼女をトスカーナ地方に連れていき、銀色に輝くオリーブ園に囲まれた古いヴィラに滞在した。そこは時間を超えた場所で、ほかの世界が星のように遠く思えるあらゆる意味での隠れ家だった。ここに来てからプルーデンスは幸せでいることに慣れた。長くけだるい毎日が続くうちに、ふたりは夫婦になっていた。ニコロスと衝突していたころのあの友情と愛情の絆が無性になつかしい。だが、性格はまったく違っていても、ふたりは意外に意見が合った。プルーデンスはニコロスと議論を闘わすのが楽しくて、ときどきわざと反対してみたりした。

情熱はふたりの関係をさらに刺激的にするボーナスのようなものだった。それでもプルーデンスはニコロスに夢中になるあまり、彼から離れられない気がしていた。朝目覚めるたびにうれしい発見があった。鎧戸から差し込む早朝の陽光がブロンズ色の長身に光と影を作り、ニコロスは怠惰な虎のように伸びをする。そして眠たげな濃い金色の瞳でほほえみながら、彼女を抱き寄せて愛を交わすのだ。

わずか二、三週間前、プルーデンスは彼を信じるのが怖かった。けれども、ふたりの結婚に揺るぎない未来があるという彼の固い信念に感動した。長い時間をともに過ごしているのに、ふたりの熱はさめなかった。絵のように美しい丘の村々に食事に出かけるときには手をつないで玉石敷きの通りを歩いた。その仲むつまじさ、手のぬくもり、相手を受け入れる心は、プルーデンスにとってとても大きな意味がある。ニコロスはほとんど毎日、二時間ほど仕事をしなくてはならず、そのあいだプルーデンスはひとりで散歩や読書や水泳を楽しんだが、彼はそれをものすごいことのようにほめたたえた。

「もしかしたらあなたは無力で頼りない女性ばかりと付き合ってきたのではないかしら」

「あるいは、もしかしたらときどき君に必要とされていると思いたいのかもしれない」

「悪いけれど……それはわたしの流儀に反するわ」青い瞳が生意気そうにきらめいたが、プルーデンスは目を伏せて隠した。というのも、ニコロスがぐっすり眠っている真夜中に、葡萄のつるのように彼に腕を巻きつけることがよくあったからだ。もっとも、こういう愛情表現は秘密のひとときに取っておいた。ニコロスは挑まれるのが好きなのだ。弱さを見せて、どんなに彼を愛しているかを知られたら、バランスのとれた関係は永遠に変わってしまうだろう。

放心状態からわれに返り、プルーデンスはターコイズブルーのサンドレスを身につけた。今日はふたりで過ごす最後の日だ。胸の痛みを覚え、みずからをたしなめる。誰にもじゃまされずに終日ふたりだけで過ごす生活はいつまでも続かない。続いてほしいと望むのはわがままだろう。イギリス人の銀行家ロバート・ドニントンはニコロスの昔からの友人だ。トスカーナの別邸に滞在中の彼は、ニコロスがイタリアに来ていると知り、ふたりを昼食に招いていた。

鏡を見つめたプルーデンスは、ぴったりしたボディスからあふれそうな胸のふくらみを見て顔をしかめた。避妊薬のせいなのか、このドレスは二、三週間前よりきつくなった。それに最近胸が敏感になった気がする。むくみ？　それとも明らかな事実に向き合おうとしないだけ？　怠惰と過食の罪を犯して体重が増えたの？　ニコロスがギリシアからバクラバを取り寄せてくれた。ナッツを厚く重ねた蜂蜜（はちみつ）たっぷりのペストリーを食べてやせるわけがない。

そこでほかの服を数枚試してみた。改まった服はどれもこれもバストがきつく苦しい。ベッドに脱ぎ捨てた服の山が大きくなるにつれ、苛立（いらだ）ちはつのった。着ていく服でやきもきするには暑すぎる。プルーデンスはため息をつき、最初のサンドレスを着た。ほかの服よりゆるみがあり、彼女に似合っている。

日差しの強いテラスに出たプルーデンスは不機嫌に言った。「わたし、太ってきたわ」

ニコロスが彼女を引き寄せた。白いシャツにみごとな仕立てのチノパンツ姿の彼は、おしゃれですてきだった。「食べるのをやめてはだめだ。上から眺めると、天国に行った気分だよ。太れば太るほどセクシーだ」

彼はあからさまに熱っぽいまなざしでプルーデンスの豊かすぎる胸を見つめた。彼女は信じられないとばかりにニコロスをにらんだ。「ニックったら！」

「見ずにはいられないんだ」プルーデンスを称賛する飾りけのない笑顔に、彼女の心は揺れた。

「僕は君の体が大好きだよ。すばらしく肉感的だ」

その言葉がルーベンスの絵画に描かれたふくよかな肢体の女性を思い出させたが、プルーデンスは何も言わなかった。プルーデンスが何かを学んだとすれば、それはニコロスが彼女に手を触れずにいられないことだった。その事実が彼女の自負心に奇跡を起こした。ニコロスの旺盛な欲望のせいではないかと潜在意識が小さな声で伝えようとするたびに、プルーデンスは耳をふさいだ。今は前向きでいようと決心したのだ。ただし、家に帰ったら黙ってダイエットを始めて元のサイズに戻すつもりだった。

ニコロスが後ろから腕をまわしてプルーデンスを引き寄せる。彼女はほほえみながらたくましい体に背を預けた。テラスから望む丘の起伏はすばらしかった。鬱蒼と茂る樫とヒマラヤ杉と黒い糸杉の森がとぎれたところから、たわわに実る葡萄の木々のみずみずしい緑色が何列も続き、黄金色のとうもろこし畑が波打つように広がっている。空は青く澄み渡って、遠くの丘の頂にはやわらかな赤いテラコッタの屋根と古い石造りの建物が点々と見える。なんとも忘れがたい美しい景色だ。

「目を閉じて」ニコロスがハスキーな声で言った。暖かな陽光がプルーデンスの顔に降りそそぎ、唇にまた笑みが浮かぶ。するとニコロスが彼女の手を持ち上げた。「もう目を開けていいよ」

ニコロスの緊張を感じてプルーデンスは視線を落とし、左手の薬指の指輪を見てびっくりした。ダイヤモンドのまぶしい輝きに目をしばたたく。

「それは……ちゃんとした婚約指輪だよ」

「まあ……」プルーデンスの喉は締めつけられ、瞳はうるんだ。夢見る十代の少女だったころ、家族の指輪を贈られた彼女はうぶでロマンチックな言葉をもらしたが、あとになって失言だったと知った。それだけにこの指輪はプルーデンスの心に触れた。彼女のために選んだ、誠意のこもった指輪なのだ。

「僕たちの名前と……僕たちの結婚が祝福された日付が刻まれている」ニコロスが言い添えた。

「すてきだわ……」

「それを僕たちの新たなスタートの記念にしよう」

プルーデンスはニコロスを見上げた。相変わらず彫りが深くて精悍で、すばらしい顔立ちだ。息ができなくなりそうないつもの感覚を抑えながら、彼女はそっと言った。「過去は書き換えられない――」

「だが過去に戻る必要はない」強情な子どもを諭すようにニコロスが威厳のある口調でさえぎった。「もう君はあらゆる意味で僕の妻だ」

深みのある快い響きの声を聞くだけでプルーデンスの体が張りつめた。彼の言葉で親密な記憶が一気に解き放たれる。激情家で情熱的、厚かましいほど男らしいニコロスはプルーデンスの防御の壁をことごとく打ち破って、麻薬のように彼を求めることを教えた。ニコロスの強さには生来の傲慢さと頑固さという固い芯がある。その強烈なカリスマ性の虜になっていても、彼が歴史を書き換えられると信じているのはプルーデンスにもわかった。

ニコロスは彼女に視線を這わせ、薔薇色の下唇を挑発するように撫でた。「君は幸せなんだね？」

「ええ……」ニコロスの官能の魔法でプルーデンスはくらくらした。

「過去は……さっき聞いた話は、今はどうでもいい」ニコロスはさも満ち足りた様子で言った。

携帯電話が鳴ったので、プルーデンスはニコロスから視線をはずしてバッグのなかを探った。

レオからの電話だった。「採用された……臨時契約じゃないぞ。ついに常勤の教職が見つかったんだ！」

プルーデンスはにっこりした。「おめでとう。あなたならできると言ったでしょう。いつから新しい学校で仕事を始めるの？」

「来月さ。君はいつ帰ってくる予定？」

「明日よ」

「家探しの手伝いはステラに頼むつもりなんだ」

「それは名案ね」

「ロンドンに引っ越せば、ステラと子どもたちに会える回数がぐんと増える」レオが満足げに言った。

その前にステラの考えを聞いてみたらと言いそうになったが、余計なお世話だと判断した。

プルーデンスは携帯電話をバッグにしまい、ニコロスの暗い視線に気づいた。「どうかしたの？」

「ドニントン家の昼食に遅れそうだ」

「まあ、わたしのせいね……着替えにずいぶん手間取ってしまったから」

「いいんだよ。レオの新しい学校はどこ？」

「ロンドンよ」

ニコロスはロンドンならオークミア・アベイに行くにもずいぶん便利だなと言いたい気持ちを抑えた。レオがただの友人なのはわかっている。かなり世話の焼ける性格で、何かというとプルーデンスに相談する。彼は意気地なしで、僕の妻は母親の役割を果たしているのだ。赤ん坊が生まれれば、レオの魅力も消えてしまうとニコロスは上機嫌で考えた。最高の解決策はもっとも基本的で単純な場合が多い。

7

フィレンツェ郊外にあるドニントン邸の堂々たる入り口には高級車が列をなしていた。

「今日は数人だけの気軽な昼食だと思っていたわ」プルーデンスは狼狽（ろうばい）した。彼女のサンドレスでは、こんな高級車を持っている招待客の装いと張り合う望みすらない。それでも服装については何も言わなかった。プルーデンスが〝気軽な昼食〟を額面どおりに受け取ったのはニコロスのせいではない。

「招待状にはそうあるが、ロバートの娘のシャンタルはパーティ好きでね」ニコロスはうわの空だった。

彼はテオ・ディマキスのことを考えていた。ニコロスを財政的に破滅させるためにテオは今ごろ大砲を並べているだろう。テオは自分のまとめた結婚がようやく花開いたことを知らない。

ニコロスはその事実を周到に隠してきた。テオに干渉されてふたりの生活に悪い影響を及ぼされたくなかった。それでも、この先の闘いに備えてハネムーンを切り上げてロンドンに戻るべきだったと気づき、落ち着かなくなった。イタリア滞在でいつもより油断していた。ロバートは味方してくれるだろう。だが抜け目ない銀行家の彼から、オークミア・アベイ購入を急いで豪華ヨットを売却したのはタイミングが悪すぎたと警告されていた。難攻不落のイメージが崩れ、弱みを見せたことになるからだ。しかし時間が戻ったとしても、することは同じだ。あれはプルーデンスの夢の家だ。このハネムーンと同じで、彼女が昔味わった失望の埋め合わせにはとうてい足りない。

シャンタルが挨拶に来たので、プルーデンスは緊張した。ニコロスの元ガールフレンドだというのはすぐに気づいた。すらりとしたこの金髪女性は、冷ややかな緑色の目にそぐわない大げさな歓迎ぶりで、すぐにニコロスを男の聖域である玉突き部屋の父親のところに連れていった。彼を妻から切り離す手際は、外科医さながらのあざやかさだ。

プルーデンスは欲しくもないアルコール入りの飲み物を持ち、りっぱなテラスに座っていた。日陰でも不快なほど暑く、真昼の熱気が毛布のように感じられる。そろそろあの時期だろうか。

生理のときには体調が悪くなることもある。何週目か数えてみると、かなり乱れていた。避妊薬のせいかもしれない。前回はいつになく短かった。薬が効かなくて妊娠したとか？　いいえ、それは希望的観測だ。

シャンタルが近づいてきたので、それ以上考える暇はなかった。「あなたに会いたがっているお客さまをふたりご紹介するわ……」

とてつもないミニスカート姿の脚の長い黒髪の美女がやってくるのを見て、プルーデンスは目をみはった。金髪をショートカットにしたもう一方の女性は、体にぴったりした白いドレスを着ている。よほど細くないと着たいとは思えない格好だ。記憶違いでなければ、プルーデンスはニコロスの元愛人ふたりと会うことになるらしい。あたりに漂う女性独特の敵愾心に、うなじがちくちくした。

「ジェナ・マーズデンよ」黒髪の女性が緊張した面持ちで言った。

「わたしはゾーイ・アンバーリー」金髪女性は挑戦的に微笑した。「ご存じないかもしれないけれど、わたしたち三人が共有しているものがあるのよ」

「ニコロスのことね……」プルーデンスは知らないふりをしても無意味だと悟った。

「ニコロス・アンゲリスは並はずれた男よ」ゾーイがハスキーな声で思わせぶりに言う。プルーデンスの緊張はつのった。「絶対に忘れられないわ」

「ええ、確かに彼は伝説的な評判どおりの人よ」シャンタルは緑色の瞳で意地悪くプルーデンスを見た。

プルーデンスは頬を紅潮させながらも、素知らぬ顔でほほえんだ。「ほんとにそうね」

「シャンタルからニックの奥さんが今日ここに来ると聞いて、ゾーイもわたしもぜひお会いしなくてはということで意見が一致したの」ジェナがあわてて弁解した。どうやら険悪な雰囲気に居心地が悪くなったらしい。「彼との結婚生活はいかが？」

「すばらしいわ」プルーデンスは自分より三十センチは背が高い三人の女性に見下ろされてもひるむまいと懸命になった。実際、三人の絶対的な美しさに怖じけづいていた。何より恐れたライバルたちが今、昼日中に完璧な顔と肉体を備えた女として生身の姿を見せたのだ。こんな残酷な比較をされたら、ふつうの女性なら耐えられない。これでどうしてニコロスは妻が自分にふさわしいと感じられるのかしら。でも、彼は自由意思で妻を選んだわけではない。そして愚かでも生けにえの子羊でもない。

「わたしならニックの女遊びには我慢できないわ」ゾーイが同情するように言った。

「わたしならもっとプライドを持つわ」シャンタルが断言する。

プルーデンスは控えめな驚きの表情を浮かべてみせた。ニコロスはどの愛人にも特別に目をかけたことはない。そのふりすらしたこともないのだ。

「ほかの女性なら、ずっと前に彼と離婚していたでしょうね」ゾーイが冷笑した。

プルーデンスはニコロスがこの結婚を続けるためにどんなに努力したかを思い出した。口元に秘密めいた笑みが浮かび、それが返事となった。

テラスに出たニコロスは、三人の女性に囲まれているプルーデンスを見て体をこわばらせた。イタリアの社交的な集まりに元愛人が三人、偶然居合わせることはありえない。自分のせいでプルーデンスが標的にされたことに彼はかっとなった。

「やあ……ゾーイ、ジェナ」氷のように冷たく挨拶し、守るようにプルーデンスの緊張した背筋に腕をまわす。「すまないが、彼女を連れていくよ……」

ニコロスが突然現れたので、シャンタルは無理に笑い声をあげた。「わたしたちは好奇心をそそられただけよ、ニック。あわてて奥さんを救いに駆けつける必要はないのに。みんなほんとうに知りたいの……なぜプルーデンスがそんなに特別なの?」

ニコロスのきびしい口元に鋭い笑みが浮かんだ。「彼女はレディであることを決して忘れないからね」

なめらかで痛烈な反撃を理解して、女性たちは三人三様にうろたえた。それを尻目にニコロスはプルーデンスを連れてロバート・ドニントンに紹介した。まもなく昼食となったが、ふたりの席は離れていた。

黒髪のジェナがプルーデンスの隣に座った。「ニックを忘れるのにずいぶん時間がかかったわ」彼女は悲しそうに打ち明けた。「彼のあと、反動で男性と付き合ったけれど、それもうまくいかなかった」

「あなたはこんなにきれいなんですもの、きっとまた出会いがあるわ」プルーデンスはやさしく言った。

「でもニックのような人じゃないわ」

「彼のひどく不愉快なことだけを考えるといいわ」

ジェナの愛らしい顔が考え込んだ表情になった。「彼は一度も電話をくれなかった……いつも仕事優先で、パーティにも付き添ってくれなかったわ」

三十分後ニコロスは、妻がジェナ・マーズデンと誰よりも仲のいい親友のように笑い合っているのを見て、感動に満ちた驚きを覚えた。プルーデンスは視線を上げてニコロスの賞賛を浮かべたまなざしに出合い、たちまち肌をほてらせた。なかなか離れない彼の視線に、体の奥に熱い戦慄(せんりつ)を感じる。ジェナが最新の失恋物語を披露するあいだも、プルーデンスの目はついニコロスの横顔に吸い寄せられた。彼が気づき、エロチックな共感をたたえたまなざしと笑みを返したとき、プルーデンスの信頼できない体に火がついた。ニコロスはあのすばらしい瞳で一瞥(いちべつ)するだけで欲望と誘惑を伝えられるのだ。

会話に集中するのもひと苦労だった。胸の頂が敏感になったのでニコロスから目をそらしたものの、こんなふうに欲望を抑えるのは拷問に等しい。

フレッシュドリンクが出されたとき、ニコロスがふいに横に現れ、彼女を立たせた。

「自家用機を待たせてあるから帰ると話してきた」

プルーデンスは失望に襲われた。ビジネス上の問題が持ち上がって帰国予定を一日繰り上げるのだろう。それでもこんなに長いあいだ彼をひとり占めできたのだから、たった一日早まったくらいで嘆くのは子どもっぽくて恩知らずだ。ふたりが立ち去るとき、プルーデンスはシャンタルとゾーイがもの欲しげな視線でニコロスを見送っているのに気づき、そのむき出しの欲望に動揺した。

ニコロスのことでは、わたしのほうが強く賢いといえるのかしら。彼を見るとき、わたしも彼女たちと同じまなざしをしているの？　ふいに疑いと不安がわき上がった。三週間ほど前はニコロスを敵とみなし、闘うつもりで守りを固めていた。ところがニコロスは何より単純で巧みな手段で勝利をおさめた。イタリアでのすばらしいハネムーンを提供し、情熱の喜びを教えて夢中にさせた。しかも、わたし以外には目もくれなかったのだ。わたしが彼の言いなりになっても不思議はないでしょう？　本気でこの屈辱的な状況を続けるつもりなの？

道路を三キロあまり行った先で、ニコロスがフェラーリを止めた。「さあ、こちらへ……」彼は待ちかねたようにかすれた声でせき立てた。

プルーデンスは心乱れる考えごとから引き戻された。「どうかしたの？　何かまずいことでも？」

「まずいことだって？」ニコロスの瞳に金色の炎が燃え上がった。彼はプルーデンスのシートベルトをはずして引き寄せ、熱っぽく言った。「まずいことなどないさ。公の場にいるのに視線を向けるだけで僕を興奮させる妻というのは、すばらしい贈り物であって、問題ではない。君を当惑させないうちにあそこを出ようと思ったんだ」

プルーデンスは遅ればせながらドニントン邸を急いであとにした理由を悟った。自分がどんなふうに見つめていたかを思い出してうろたえた。「ヴィラに急いで帰って空港に向かうわけじゃないのね？」

「急ぐが……すぐに空港に行くわけじゃない。まず君を味わう」ニコロスが顔を近づけた。ふっくらした唇をもてあそばれ、プルーデンスは声をもらして訴えた。顔を傾けて深いキスをせがむと、ニコロスは舌を差し入れて彼女を燃え立たせた。

精悍（せいかん）な顔をこわばらせながら、ニコロスはプルーデンスを放した。シートベルトを締める彼には、先ほどの冷静さはなかった。焼けつくような金色の瞳が彼女の目を見つめる。「君が欲しくて苦しいくらいだが、ここで愛は交わせない」彼は乱れた口調で言い、フェラーリを道路に戻した。

「わたしはこんなあなたに慣れていないわ」プルーデンスは息を切らして打ち明けながら、懸命に笑みを抑えていた。じつはみだらな達成感にひたっていたのだ。ニコロスがどれほど感じやすくなれるかがわかった。プルーデンスは覚えが速い。いつの日かこの教訓を生かすこともできるだろう。

「僕だってこんなことに慣れていない」ニコロスはかすれた笑い声をあげた。「君に感心したことで火がついたのかもしれない。シャンタルたちに挑まれたら、たいていの女性は引き下がる」

プルーデンスはひるんだ。「何が言いたいの?」

「君はきわめて上品に対応したということだ。ジェナと話している君を見たときには、何を話しているのかと疑問に思ったが」

ニコロスは返事を待っている。プルーデンスは内心ほほえみながら黙っていた。そして目もくらむほどのダイヤモンドの指輪を見て、新たな満足感を覚えた。ほんの数分前、わたしは彼との関係を思い悩んでいたんだわ。何も心配することはないのに、取り越し苦労ばかりして!

ようやくニコロスが口を開いた。「君を手に入れた今、僕の人生にほかの女性が入ることはない」

プルーデンスは胸のなかにたった今、太陽が昇ったような気がした。これは確かな約束だ。ぜひ聞きたかった言葉だけれど、聞かせてほしいと頼むことは絶対になかった。プルーデンスはやさしく言った。「よかったわ。浮気となったら、わたしはレディらしからぬ容赦ないやり方で対応するつもりだもの」

すかさず返ってきた警告の言葉にめんくらったものの、ニコロスは大笑いしそうになった。プルーデンスは、今まで彼が知り合ったどの女性とも全然違う。彼を恐れず勇敢に立ち向かう。といってもヒステリックにはならない。テオ・ディマキスは、孫娘が彼に劣らず賢いことにまったく気づかなかったのだろうか？　愚かな夫は気づかなかった。

ヴィラに着くと、ニコロスはプルーデンスを車から抱き上げて熱烈にキスをした。彼女はたくましい体に身を預け、豊かな黒髪に指を差し入れた。

「君が欲しくてたまらない」ニコロスは唇を寄せたまま、うなるように言いながら寝室に入った。

プルーデンスの背後からドレスのストラップとブラをはずすと魅惑的なふくらみが手にこぼれ、ニコロスは満足そうな声をもらした。プルーデンスは熱さと震えと弱さを同時に感じていた。張りつめた薔薇色の頂を指先でとらえられ、息をのむ。

「ニック……お願い」いつもの脈打つ欲望の虜になり、なすすべもなくせがんだ。

「君も同じ思いでよかった」ニコロスはやわらかなクリームのような白い肩に歯を立てながら、布地が裂けるのもかまわず荒々しくドレスを引き下ろした。プルーデンスの背筋に舌を這わせ、ヒップの形を確かめるように両手で愛撫しながら膝を落とす。それからゆっくりと、慎重に下着を脱がせていった。

彼の唇がどこよりも敏感なところを探り当てたとき、プルーデンスは声をもらし、きつく目を閉じた。突然の親密な愛撫に、狂おしい喜びとエロチックな衝撃が押し寄せた。時を超えた長いひととき、熱い快感が全身に広がっていく。もう自分を抑えきれない。しかも、そんな状態が気に入っていた。

ニコロスはプルーデンスとともにベッドに倒れ込んだ。焼けつく金色の瞳が悩ましげに彼女を見つめている。「もう待てない」

「シャツを脱いで……」

ニコロスがシャツを引っ張ると、ボタンがはじけ飛んだ。

プルーデンスは彼が服を脱ぐまで待てるかしらと考えた。いいえ、待てそうにない。そこで腕を広げて背を弓なりにそらし、無言で誘いかける。

「ねだっているのか……」ニコロスは情熱をみなぎらせて近づいた。

甘く、そして力強く彼が身を沈めた瞬間、プルーデンスは声をあげた。ふたりが一体となることで生まれる情熱がこれまでにない激しさをもたらした。プルーデンスは強烈な興奮を感じ、情熱の高みに駆り立てられた。耐えがたい歓喜の嵐に絶頂へと押し上げられ、あとには熱い感動が残された。

ニコロスは情熱の余韻の残る瞳でプルーデンスの紅潮した顔を見つめた。表情豊かな唇に魅惑的な笑みが浮かんでいる。彼はプルーデンスの赤らんだ唇にやさしくキスをした。「君は驚くべき女性だ」

愛してるわと言いたかったが、プルーデンスは危うく思いとどまった。とても幸せなのに、なぜか泣きたくなった。そこでニコロスの肩に顔を埋め、満ち足りた思いで彼の濡れた肌の香りを吸い込んだ。まるで彼のすべてが自分のものになった気がする。

「今回は赤ん坊ができたかな」ニコロスがかすれた声でつぶやいた。

驚愕のあまりプルーデンスの小柄な体が張りつめた。彼女は罪悪感に駆られていた。避妊薬については何も話していない。彼が避妊の措置をとらなかったことには、もちろん気づいていた。認めるのは恥ずかしいが、いくらか優越感を覚えていたのだ。たとえこっそりとでも自分が妊娠に関してすべてを決めていたのだから。ただ、それはニコロスが信頼できず離婚を望んでいたときだ。あれから何もかもが変わった。今こそはっきり話すべきだろう。でも、こんな告白をしたら、ふたりで築いた新たな絆が断たれてしまうかもしれない。

「ずいぶん静かだね」ニコロスが肘をついて体を起こしながら、罪深いほど長いまつげの陰からプルーデンスを見つめた。「君がどんなに子どもを欲しがっているかは知っているよ」

彼女は自分の秘密に悩み、ピンで留められた蝶のように身じろぎをした。「ええ、でも――」

「子どもを作るという考えに、僕もすぐに慣れた。気に入ったよ」ニコロスは澄んだ瞳をいたずらっぽくきらめかせながら、プルーデンスのウエストから腿を撫でた。「君を母親にするプロジェクトに取り組むのは楽しいしね。僕は結果を出すために時間と努力をたっぷりそそぐよ。異議はある?」

「何も……」率直に話す勇気のないことに、プルーデンスは恥じ入った。それでも彼のまなざしにはあらがえず、ましてや愛撫にはなすすべもなかった。このまま何も言わず、避妊薬をのむのをやめればいいと力なく考える。やがてニコロスがなめらかな動きで身を寄せたとき、期待と興奮が彼女を震わせた。

翌朝、プルーデンスは食欲がなかった。睡眠不足のせいだろうと思ったが、かすかな吐き気も感じた。ふたりは午前なかばにロンドンに到着した。動物たちの様子が気になったので、プルーデンスはフライト中に動きやすい服に着替えていた。そして家に戻るより先に厩舎(きゅうしゃ)の庭に送り届けてほしいと頼んだ。

その五分後、リムジンは屋敷の正面に止まった。ニコロスが車を降りるとき、プルーデンスが床に置いた革のバッグに足が当たった。フィレンツェで彼女のために買ったやわらかなカラメル色の大型バッグの中身が、私道の砂利の上に飛び出した。ニコロスの視線がバッグから半分出ていたホイルの細長いパッケージを射抜いた。彼は身をかがめてそれを拾い、動きを止めた。

8

　プルーデンスはドッテイの手を借りて老犬のスーティとミニーの籠を居心地のいいホールの奥に運び入れた。キッチンには動物を入れたくないとシェフからはっきり言われたからだ。

　ドッテイは怒っていた。「オークミアはあなたの家なのよ。あの変わり者のシェフに、犬に我慢してもらうしかないと言えばいいのよ！」

「キッチンは彼の持ち場だし、そのことに感謝しているの。わたしはお料理が大嫌いだもの。誰もが室内で動物を飼うのに賛成なわけではないわ」

　プルーデンスの生活にはいつも二匹は犬がいた。一方ニコロスは動物を飼った経験がなく、ペットと同じ家で暮らすのに慣れていないようだ。ドッテイが帰宅し、プルーデンスは家の改装の様子を見てまわりたいと思ったが、時間も遅くなってきた。夜の日課の水まきと餌やりで汚れたので、シャワーを浴びて夕食前の着替えをするために二階に急いだ。今日はやけに疲れた。健康診断を受けるころ合いかもしれない。生理がこんなに乱れるのは異常だ。

二十分後体にタオルを巻いて、濡(ぬ)れた髪を梳(と)かしてバスルームを出ると、ニコロスが寝室の高い窓のそばにいた。プルーデンスは目を輝かせ、留守のあいだ動物保護センターがどれだけ順調だったかを熱心に話し出した。ところが振り向いたニコロスを見たとき、その陰鬱(いんうつ)なまなざしと険しい顔に、不安で胃が宙返りしそうになった。

「どうしたの？　何があったの？」

ニコロスは避妊薬を彼女の足元に投げた。

プルーデンスは息をのんだ。「ああ、そんな」

「言うことはそれだけかい？」

「それはわたしのバッグに入っていたはず……どうしてあなたが持っているの？」

「バッグに足が当たり、それが飛び出したんだ」

プルーデンスは心を落ち着かせようと息を吸った。「薬をのむのはやめようと決心して――」

「それで、いつその重大な決心をしたんだ？」

プルーデンスは赤くなった。返事をしても納得してもらえないだろう。「ゆうべよ……」

彼の険悪な表情はやわらがなかった。「いつ避妊することにしたんだ？」

プルーデンスは質問に答えた。

「すると君は、僕たちが夫婦として暮らし始めたそのときから僕に嘘をついていたわけだ」

「それはずいぶん偏った言い方ね」

ニコロスの瞳は金色の光を放ち、声は危険なまでに静かだった。「ではどんな言い方をすればいい？」

「あのときはそういう状況だったので——」

「それでは答えになっていない——」

「なっているわ。それを決めたのは前の話で——」

「今問題にしているのは信頼だろう」

「ええ、でも状況が——」

「それはどうでもいい。君は避妊していると話すべきだった。それはふたりで話し合う問題だ。君はこそこそ動いて僕をだますほうが気に入ったんだ」

ニコロスのこわばった体、金色の目の光、浮き上がる頬の線から、プルーデンスは彼が抑えている激しい怒りを感じ取った。苛立ちと後悔で叫びたい気分だった。何もかもあんなにすばらしく、未来は明るかった。避妊薬のことを彼が知る必要はなかった。なぜわたしはすぐに証拠を捨てなかったのだろう。

そのとき後ろめたい考えが浮かんできて衝撃を受けた。これまでわたしはずっと完全な誠意など存在しないと思っていたのでは？　どうしてそう思うようになったの？　ニコロスが人生に戻ってきて、彼が何よりも大切になった。これまでのきまじめな生活が突然変化し、今もめまいがするほどだ。わたしはふたりの関係を壊すのではなく守りたかったのに。

「イタリアでずっといっしょにいたにもかかわらず、君は避妊薬についてひとことも言わなかった」

「よく考えられなかったの。あなたといると、とても幸せで――」

「ほんとうに……幸せだったのか？」ニコロス独特のなめらかな深みのある声が、皮肉な調子を帯びる。「あれは名演技だった。君は赤ん坊が欲しかったが、僕が父親になる危険は冒したくなかったんだ」

「違うわ。わたしは演技などしていなかった――」

「二カ月前、君は精子バンクに行って、見知らぬ男を子どもの父親にするつもりでいた……だが、僕では不足だった――」

「ばかげているわ。ただ、あなたと話し合う心の準備ができていなかっただけで――」

「君は話し合う気などまったくなかった。僕がそれに気づかないと思っているのか？」

プルーデンスは緊張のあまり背筋に痛みを感じた。「ひどいわ、ニック――」

「君はひどくないのか？」ニコロスは怒りのこもった低い声で言った。無表情を装う仮面がはがれ、燃えたぎる冷たい怒りが表れる。「僕はふたりで家庭を作っていくものと信じきっていた。君のために子どもを望んだんだ。僕は待ってもよかった。子どもを欲しいと思ったのは、それが君の最大の夢だとわかったからだ。君の望みをかなえようとした僕へのお返しが、嘘とごまかしか？」

その瞬間、プルーデンスは自分がどれほどこの結婚を台なしにしたかを悟った。そのショックで感情の糸がぷつんと切れた。「最初わたしは選択すら与えられなかったのよ。あなたに何を期待していいのかもわからなかった。結婚を本物にするように強制され、わたしはできるだけ身を守るしかなかった。先のことを考えなくてはならなかったから――」

「僕たちが分かち合ったものはすべて真っ赤な嘘だったのか？　君は幸せなふりをしていたのか？」

ますます窮地に追いつめられた気がして、プルーデンスはパニックに陥った。「もちろん違うわ。ただ、イタリアに行くまではわたしたちの仲がどうなるかわからなかったから、避妊薬をのみ始めたの。妊娠する危険は冒せなかった。あなたの子どもができたら、なおさらあなたに支配されてしまうわ」

「はっきり言ってくれたらよかったんだ――」

「最初は何も考えなかったし、考えたときには、あまりに厄介で、口論になるような気がして――」

「君は僕をだます快感を覚えたのかもしれないな」

プルーデンスはかっとなって言葉を選ぶ余裕がなかった。「ええ、何度かそうだったわ……」

思いがけない告白にニコロスは色を失った。「君は僕が思っていたような女性ではなかったのか」

プルーデンスは危険な深い淵のすぐ脇をよろよろ進んでいる気分だった。「認めるべきではなかったかもしれないし、自慢にも思わないけれど、そう感じたのも事実よ。最初あなたにとても腹が立っていたけれど、怯えてもいて——」

「怯えていた？　僕は君を怯えさせるようなことをした覚えは一度もない！」

「わたしが言うとおりにしなかったら、動物たちを見放すと言ったでしょう？」

ニコロスは優雅に肩をすくめ、表情豊かに両手を広げた。「あれはただのはったりで、交渉のうちだ。僕は始めから君が折れると知っていた。信じてくれ、動物たちをひどい目に遭わせる気はなかった」

「信じたいけれど無理だわ。あなたは世界一情け深いとは言えないもの。昔わたしはあなたのそういう面を受け入れようとしなかった。あなたを理想化したりしてわたしは大ばか者だったわ。あなたは以前からろくでなしという評判よ。あなたにさからったときに、思っていた以上に非情だとわかったの」

性格をあからさまに非難され、ニコロスは動けなくなった。ショックだった。ロマンチックなプルーデンスは彼を理想の男性とみなしていると思い、気をよくしていた。わずかに深まった顔の線が消え、彼はいつになく青ざめた。「僕はそんな――」

「それがあなたの本性を知る唯一の方法なのね。あなたは頑固で信じられないほど横暴よ。ただ居丈高に命令し、要求し、期待する――」

ニコロスは非難の目を向けた。「イタリアでそんなことはしなかった。君にはそんな真似はしない」

その場に漂う敵意と将来への不安に怯えながらも、プルーデンスは引き下がらなかった。

「それは認めるわ……でも、先月結婚をやり直したいきさつは変わらないわ。なぜその事実を無視するの？　あなたはわたしが望まないことを……昔わたしの祖父がしたように強要したのよ。わたしはおとなしく座って言われたとおりにするのはいやだったの」

「それは僕の子を身ごもらないように避妊薬をのんだ言い訳にならない」

「それを決めたあとで、何もかもが変わったわ」

「僕の罪が今になってつきまとうわけか。自業自得だと言う人もいるだろう」ニコロスは静かに言った。

「わたしはそうは思わないわ……」

ニコロスの目は自身の心を見つめているようだった。その沈鬱な表情にプルーデンスはぞっとした。

ニコロスは落胆したまなざしでプルーデンスを見つめた。「僕にどんなふうになってほしい？」

プルーデンスはニコロスに近づき、慰めるように手を持ち上げると、すぐにその手を握り締めて脇に下ろした。こんなに機嫌が悪くては、はねつけられるだけだ。そう思うと勇気も失せた。「生き残るためにあなたが妥協できなかったのはわかるの。家族みんながあなたを頼っているわ。それに、わたしの祖父と縁を切り、ビジネスの世界で残っていくには、強引なやり方も必要でしょうから」

ニコロスは辛辣な笑い声を押し殺した。もう一度強大な〈ディマキス・インターナショル〉に立ち向かうため闘っていることをプルーデンスはまったく知らない。だがそれはいい。心配ごとから彼女を守るのがニコロスの義務なのだから。「僕がろくでなしである言い訳を妻がするのかい？　時間を無駄にするんじゃない。僕は自分を恥とは思わない」

プルーデンスはニコロスのなかに敵意のこもったよそよそしさを感じた。彼はギリシア人であり、誇り高く、家族を何よりも大切にする。妻が彼の子を望んでいないと信じたことで深く傷ついたに違いない。「くだらない誤解を受けるとわかっていたから、あなたに避妊薬の話をしたくなかったのよ」

ニコロスは堂々とした態度で広い肩をすくめた。「何を誤解する？　さっきも言ったように、君は子どもが欲しくて必死なんだと勘違いするまで、僕自身は子どもを欲しいとは思わなかった。これからも避妊薬をのむといい。僕はオフィスに行かないと。イタリアで日光浴をしているあいだにビジネスの最前線では多くのことが起こっていたんだ」

プルーデンスは狼狽（ろうばい）し、失望に襲われた。ニコロスを信頼し、どんなに彼の子どもが欲しいかを素直に認める気になったとたん、彼は将来への可能性を取り消し、彼女の面前でドアを閉めてしまった。しかもプルーデンスが子どもを欲しがる気持ちを〝必死〟と表現したことで、彼女は何も言えなくなった。

「それがあなたのほんとうの気持ちなの？」涙で目頭が熱くなり、喉が痛かった。

ニコロスはドアを開けた。「ほかにどう感じればいいというんだ？」

精子バンクよりずっと人気がないと感じているよ。ニコロスはドアを出ると、胸のなかで質問に答えた。壁を殴って穴をあけたい気分だった。爆発しそうな感情が日ごろの明晰な思考を妨げている。何かで発散する必要がありそうだ。だが、プルーデンスの嘘にはまんまとだまされた。希望を打ち砕くような思いが次々とわき上がった。彼女が精子バンクを利用して子どもを作る計画でいたと、どうして僕にわかる？　あのときプルーデンスの望みどおり離婚に応じていたら、レオ・バーリーが彼女の子どもたちの父親になっていたのでは？　精子バンクだって？　彼女はそんなに陳腐な考え方をするのか？　あれは信用できる話だろうか？

またしても妻を見くびっていた。プルーデンスは彼の内面まで見通し、ろくでなしで非情だと悟ったのだ。ニコロスは黒髪を荒々しくかき上げると、顔をしかめて手を見つめた。かすかに震えている。僕はどうしたのだろう。業界で生き残るために闘っているときは、あらゆる機知と力が必要だ。大勝負にも動じたことは一度もない。せいぜいハネムーンのあいだ試されていたという程度で、悪くてもほかの男のためにプルーデンスに捨てられる、というところだ。そうでなければ、あんなに赤ん坊を欲しがっていた女性が、妊娠しないようにここまで用心する理由があるだろうか？

プルーデンスが服を着てニコロスのあとを追ったときにはもう遅かった。彼は行ってしまった。プルーデンスはパニックに陥りそうだった。電話をしようと受話器を取り上げ、そこで迷った。彼が帰るまで待ったほうが賢明かしら？　そのとき落ち着いて理性的に話せばいい。今のわたしは落ち着きも理性もない。取り乱しては涙ぐみ、憤慨し、傷ついては怯えている。ニコロスは正直だった。彼は赤ん坊を欲しがっていない。わたしの避妊を非難しながら、それが認められるなんてすばらしい。でも、よくよく考えても、なんの慰めにもならない。問題は、わたしがニコロスのプライドを傷つけ、彼を失望させたことだ。イタリアでもっと心を開くべきだった。

その夜はゆっくりと過ぎていった。気分を明るくしてくれたのはレオからの電話だけだった。週の後半に引っ越し先を二箇所見に行くので付き合ってほしいと頼まれたのだ。ニコロスから電話があったときには、すでに真夜中をまわっていた。彼はあと二、三時間仕事をしてアパートメントに泊まると言った。その背後に聞こえるざわめきに耳を傾けながら、プルーデンスは失望を抑え、何も問題はないふりをしようと努めた。放(ほう)っておくほうがいいこともある。

ニコロスは二日間オークミア・アベイには帰らなかった。三日めの夜に戻ったとき、今度はプルーデンスが留守にしていた。ニコロスは使っている部屋をすべてまわり、書き置きがないか探した。厩舎のほうにも行って小屋や畑を調べたが、どこにも妻の気配はない。そこでやむなく携帯電話に連絡した。

「今どこにいる？」プルーデンスが電話に出ると、ニコロスはややそっけなくたずねた。

「レオとアパートメントの下見をしているの」

ニコロスは深くゆっくりと息を吸った。

「まだお仕事中？」

「いや、君と過ごすために家に帰ってきた」

「そのときにはわたしが外出しているなんて……残念だわ」プルーデンスのいかにも残念そうな声はどんな男性も聞きたいと思うものだった。「今夜あなたが帰るとは思わなかったから」

そう言われても、慰めにはならなかった。ハンサムでやさしいレオがただの友人でなかったら？　ニコロスには確かめようがない。レオは何をするにもまずプルーデンスに相談する。しょっちゅう電話をかけてきて、プルーデンスはレオに親しみを抱いている。それに比べてニコロスはひどく不利だ。彼はプルーデンスに同居を強要した。ニコロスは重い気分で考えた。彼女は僕を愛していない。性格についての非難を考えると、あまり好かれてもいないようだ。だが、彼女はまだ僕に手を触れずにはいられない。セックスの面ではまだ需要があるわけだ。それとも、あれも芝居だろうか？　あとくされのない純粋な楽しみ？　プルーデンスはとても官能的な女性だ。ようやく生来の素質を開花させたとても官能的な女性ならば、いろいろ試したいかもしれない……。

「ニック？　もう行かなくちゃ。またあとでね」

その後かなりたって、プルーデンスは疲れた足取りでオークミア・アベイの風格ある玄関に入った。今はただ横になって、一カ月でも眠りたい。家に早く帰りたかったのに、いたるところでじゃまされたのだ。ニコロスは階段の下で彼女を迎えた。彼を見たとたん、プルーデンスは落ち着かなくなった。切ないほどにハンサムな顔から目が離せなくなった。

「どこに行っていたんだ？　もう一度連絡しようとしたが、君は電話に出なかった」

「電池切れよ。充電するのを忘れていたの」プルーデンスはため息をついた。「家に帰るのがどんなにたいへんだったか、信じてもらえないでしょうね」

「話してみてくれ」

「レオがアパートメントの売り主と長話をするし、わたしの車に戻ったときにはタイヤがパンクしていて……。レオがタイヤ交換をしたんだけれど、ホイールナットにひどく手間取ったの」プルーデンスは力ない指で濡れた額にかかる髪を払いのけた。

「ホイールナットとはね」ニコロスの暗い金色の瞳が光った。「それが君にできる最高の言い訳か？」

プルーデンスは当惑し、重厚な階段を上がる途中で足を止めた。「なんですって？」

「もう真夜中を過ぎているんだぞ」

「わたしはシンデレラじゃないわ」

「そして僕はまぬけじゃない。君は何時間も別の男といっしょだった」

「別の男？」プルーデンスは眉をひそめた。

「君は電話に出ず……夜中になっても帰らなかった。当然僕は疑っている」

何が言いたいのかに気づき、プルーデンスは驚きを隠せなかった。「レオとわたしのことを疑っているの？　彼は何年も前からステラに夢中なのよ」

「今までステラの名前が出なかったのは妙だな」

執拗なニコロスにプルーデンスはうろたえた。彼の顔に刻まれた緊張は本物だ。そのとき思い出した。あの誤解を招く写真が新聞に載ったあと、レオとの友情についてきかれたが、きちんと答えなかった。その場で彼の疑惑を解かなかったのがまずかった。じつのところ、ニコロスが彼女の気持ちにさほど確信を持てなくなっていることを楽しんでいたのだ。

「レオとわたしはただの友だちよ。最初からそれをはっきり話すべきだったわ。困ったことに……わたしはあなたに少しやきもちをやかせたかったの」プルーデンスは恥ずかしそうに打ち明け、おなかの下のほうに妙な痛みを感じてひるんだ。

「僕はやきもちをやかない」

彼女は押し寄せるめまいと闘った。気分が悪くなって、手すりをぎゅっとつかむ。顔は蒼白(そうはく)だ。

「どうしたんだ？」ニコロスが叫んだ。

プルーデンスの膝から力が抜けて、体がぐらりと揺れた。その後は闇(やみ)に包まれた。ニコロスは前に飛び出し、気を失った彼女を抱きとめた。

プルーデンスは意識を取り戻した。応接間のソファに横たわっている。「どうしたのかしら？」

ニコロスがのぞき込んでいた。輝く美しい瞳は心配そうだ。「君は気を失って階段を転げ落ちるところだった。医者に診てもらわないと――」

「ばかなことは言わないで。どこも悪いところはないわ。今日はちょっと無理をしたんだと思うわ。何も食べていないし、疲れているの」

「レオはじつに面倒見がいいんだな」

「女性は男性に面倒を見てもらう必要はないわ」

「僕にとって君の面倒を見るのは喜びだ……食事をとって休養し、なんの屈託もない君を見るのはうれしいよ」ニコロスは迷わず言った。「僕はそうするのが好きなんだ」

ほんとうに彼は面倒見がいいわ。プルーデンスはトスカーナでのニコロスの気遣いを思い出した。彼女が日なたに長く座りすぎないように気をつけることから、朝彼よりもゆっくりと寝かせることまで、すべてにわたってそうだった。ふたりは彼女のお気に入りのレストランで食事をし、彼女が見たい場所を訪れた。ニコロスはプルーデンスを甘やかし、大切だと感じさせた。彼女は思わずニコロスの手を取って、いとおしげに頬に押し当てた。

ニコロスの顔の緊張がやわらぎ、長いブロンズ色の指が彼女の顔を撫でた。「それでも明日医者に君を診せたい。君はあまりにも弱々しく見える」

ニコロスの手を借りてプルーデンスはベッドに行った。彼は自分で料理したと言ってオムレツを運び、食べながらレオとステラの話をするように促した。話を聞いて彼は二回ほど笑った。レオの態度はうじうじして意気地なしみたいだとも言った。そんないかにも強い男性らしい意見に反論しているうちにプルーデンスはくつろぎ、また幸せな気分になった。ニコロスが留守のときはほんとうに寂しかった。彼が子どもを欲しくなくてもそれがなんだろう？　完璧なものなど何もない。将来いつかニコロスの気が変わるかもしれない。彼が――愛する男性がわたしのものなら、それで十分なはずでしょう？

「あなたに避妊薬の話をするべきだったわ」プルーデンスは眠たげにささやいた。

「いや……君の言うとおりだった。結婚がどんなふうに始まったか忘れていたよ」濃い金色の瞳はきまじめだった。ニコロスは眠りに落ちていくプルーデンスを見守った。その日早く、何があってもプルーデンスと動物保護センターに危険が及ばないようにオークミア・アベイを彼女の名義に書き換えた。地所さえあれば、やっていけるだろう。気をつけないと、何もかも失うばかりか彼女まで失ってしまう。なんとかイメージアップを図る必要がある。ニコロスはきびしく考えながら、疲労を振りはらった。慈善事業や、若者の企業家育成のための賞に寄付するぐらいでは、プルーデンスの気を引けない。動物に関係することで配慮を見せなくてはならないだろう。

プルーデンスは朝方まだ暗いうちに目を覚ました。なじみのあるニコロスの肌を感じてもの憂げにほほえみ、まつげを上げて彼を見つめた。ニコロスはすっかり目覚めていて金色の瞳で見つめ返した。ずいぶん真剣な顔をしている。なぜかしらと思ったが、すぐに忘れた。濃くなった髭剃り跡が、彫りの深い古典的な顔に陰を作り、セックスアピールが増している。プルーデンスは身をくねらせて寄り添った。彼が誘いに乗ってこないので、ブロンズ色の体に手をすべらせた。ニコロスはその手をとらえた。「君はゆうべ具合が悪かった……やめたほうがいい」

「拒絶するなんて失礼よ。わたしの面倒を見るのが好きなんでしょう」

ニコロスの口元に笑みが浮かぶ。「とても好きだよ」彼女を楽々と抱き上げて熱烈にキスをする。

二時間後、プルーデンスはニコロスと朝食をとるために階下に急いだ。ホールを横切ったとき突然下腹部に鋭い痛みを感じ、身をふたつに折った。「ニコロス！」彼女はショックと恐怖であえいだ。

彼はプルーデンスを最寄りの病院に連れていった。検査で妊娠とわかったときには、ふたりとも愕然(がくぜん)とした。妊娠二カ月に近く、しかもその子を失いかけていると知らされた。ニコロスは青ざめ、婦人科医が妊娠の徴候がなかったのは安定していなかったからだと話すのをうつろな目で聞いていた。婦人科医はやさしくプルーデンスに請け合った。「いいえ、あなたにはどうしようもありませんでしたよ。あとは自然にまかせるしかありません」

すべてが終わったとき、プルーデンスは個室で横になり、壁を見つめていた。ニコロスと初めてベッドをともにしたとき、妊娠したに違いない。何よりも大切にしていた夢が愛する男性によってかなえられたのに、それを喜ぶ機会もなかった。

「わかっていたらよかったんだが」ニコロスがくぐもった声でささやき、プルーデンスの手を握った。「わかったときは手遅れだったのがとても残念だ」

「ええ」プルーデンスはぼんやりと答えた。その目はベッドの向こうに見える壁を見つめたままだ。

「こうなったのは僕のせいだ。なんの措置もとらずに愛を交わしたから――」

「わたしは子どもが欲しいと言ったわ」どうしてニコロスのせいなのかわからず、プルーデンスは力なく言った。わたしは妊娠していた。まだおなかに子どもがいたら大喜びしていただろう。でも流産した。こんな会話は喪失感と失望を引き起こすだけだ。

ニコロスはプルーデンスのぐったりした指を両手で包んだ。「ほんとうに悪かった……どんなに残念に思っているか、たぶん君にはわからないだろう」

ニコロスはずっと付き添ってくれた。プルーデンスのために強くて頼りになる理想的な夫になった。でもほんの二、三日前、彼はほんとうは子どもなど欲しくなかったと認めたのだ。もちろん妊娠の可能性があると思っていたら決して認めなかっただろう。だが、プルーデンスはあの率直な言葉が忘れられなかった。当然ニコロスのほうも忘れられないだろう。結局プルーデンスはみじめな気持ちで、彼はとてもりっぱな男性だということを受け入れた。

「僕のプライドがじゃまをしたんだ……」ニコロスは追いつめられたように低い声でもらした。

プルーデンスははっとして枕の上で顔を巡らし、ニコロスをまっすぐ見つめた。「どんなふうに？」

ニコロスは沈んだ暗い目で彼女を見つめた。「僕は君に僕の子を産んでほしかった。だが、その思いが一方通行だったので、認めようとしなかった」

プルーデンスは胸を締めつけられた。顔をそむけて目をつぶり、あふれそうな涙をこらえる。彼はわたしの気持ちを思いやり、慰めようとしている。彼はほんとうにそういうことが上手だ。いつも言うべきことを心得ている。でも、哀れみや罪悪感から嘘をついてほしくない。赤ん坊を欲しくないと言ったことで、なぜやましさを感じなくてはならないの？ ニコロスと年齢や生活習慣が似た男性の多くは同じような考え方だろう。

「眠りたいわ」プルーデンスはそっけなく言った。

「おやすみ……じゃまはしないよ」

沈黙が流れた。

「ひとりになりたいの」堅苦しい口調だった。

「君をひとりにしないほうがいいと思うよ」

「家に帰って。お仕事があるでしょう？」

沈黙が広がった。ドアが閉まった。プルーデンスはニコロスが座っていた椅子を見つめた。

彼に帰ってほしかったけれど、今すぐ戻ってきてほしい。胸にたまっていた感情があふれて激しいすすり泣きになり、プルーデンスは枕に顔を埋めた。

三日後ニコロスが彼女をオークミア・アベイに連れて帰った。彼が流産の話を持ち出すたびにプルーデンスは話題を変えた。

プルーデンスが退院して一カ月半近くたったころ、オークミア・アベイの広いホールで電話の鳴る音が聞こえた。家政婦が先に出て電話を渡した。

「ミセス・プルーデンス・アンゲリス？」訛のある男性の声が重々しくたずねた。「テオ・デイマキスのお孫さんですね？」

プルーデンスは顔をしかめた。「そうですが？」

彼は祖父の弁護士グレゴリ・レラスで、その朝祖父が心臓発作で急死したことを知らせる電話だった。プルーデンスはショックで気分が悪くなった。テオがこれまでの仕打ちを悔やみ、家族として彼女を温かく迎えたいと思いますようにとひそかに願っていた。祖父が亡くなった今、それは永遠にかなわない。

プルーデンスの青ざめた横顔が緊張したとき、ニコロスが部屋に入ってきた。「何があったんだ？」

「祖父が亡くなったの」

9

「気分はどう？」ニコロスはプルーデンスを病人のようにいたわりながら自家用機の席に落ち着かせた。

「わたしはすっかり元気よ」彼女は白い歯を食いしばった。もう一度気分をたずねられたら悲鳴をあげそうだ。いつまでも大げさな気遣いをしなくていいのに。体は全快したし弱ってもいない。皮肉なことに馬のように健康な気がするくらいだ。

飛行中プルーデンスは野生生物の雑誌を読みふけり、懸命にニコロスの視線に気づかないふりをした。

「君は僕と話をしようとしないね」彼がつぶやいた。

「話しているわ。わたしは子どもじゃないのよ」

「こんな君は初めてだな。有刺鉄線を張り巡らせているみたいだ」

「これから葬儀に参列するのよ。おしゃべりする気分になれなくても許してほしいわ」プルーデンスは雑誌の陰から堅苦しく言い返した。

ニコロスが席を立って彼女の隣に座った。「僕たちはこれを乗り越えられるだろう……だが話し合う必要がある」

プルーデンスはとうとう雑誌を置いた。苛立ち、ぴりぴりしていた。ニコロスにそばにいてほしい一方で、彼を拒絶し、非難しないではいられない。プルーデンスは震える手で上品な黒いスーツのスカートを撫でつけた。「お願いだから今はやめて……」

「僕も子どもを失ったんだ」ニコロスは感情をあらわにしてささやいた。「僕を締め出さないでほしい」

プルーデンスがベッドのある部屋に避難しようと立ち上がると、ニコロスが手をつかんだ。

「なんなの？」プルーデンスは息をのんだ。

「僕たちはベッド以外のものも分かち合える」

真っ赤になったプルーデンスは指を引き抜いて逃げ出した。流産してからニコロスはただ彼女を抱き締めて眠った。プルーデンスの恥知らずな体はたくましい抱擁にほてった。今もほとんど話をしないのに、ニコロスを求める気持ちは消えない。プルーデンスはこぶしを握り締めた。彼の言うとおりだ。ふたりのあいだには問題が立ちはだかっている。けれども、それはニコロスが考えているより、はるかに基本的な問題なのだ。

子どもを失う前、父親になりたくないと率直に言ったニコロスをもう責めてはいない。こんなことで恨むほど愚かでも近視眼的でもない。自分が傷ついていたからこそ、ひどく責めたのだと流産のあとでわかってきた。片思いは失望のもと。何よりまずいのは、昔からニコロスに対する彼女の愛が度を超えていたことだ。ニコロスがただの友だちだったときにはプライドと良識と独立心を忘れないだけの距離があった。彼がいなくてもりっぱにやっていた。それが結婚の祝福を受けてから何もかもが一変し、プルーデンスの望みも変わった。

でも、愛してくれないからといってニコロスを責めるのはおかしい。彼は一度も愛していると言わなかった。彼はまるでそのために生まれてきたかのようにロマンチックな態度で、どんなときもふさわしい言動を忘れない。トスカーナでの三週間は、女神のようにもてなされて宙を漂っている気分だっただけに、地上に戻るのはつらかった。ニコロスに愛される日は訪れないことを受け入れなくては。プライドのせいで彼を拒絶してしまったけれど、わたしはこの結婚をだめにしたくない。彼を失いたくない。パンがないより半分でもあるほうがましだ。

「昼寝をしたら気分がましになったわ」アテネ空港を移動するとき、プルーデンスはほほえんでニコロスを安心させた。「さっきはごめんなさい」

「あんな経験をしたんだ。君はりっぱだったよ」ニコロスの魅力的な笑みに彼女の心は弾んだ。

見覚えのある年上の男性が進み出てしかつめらしく挨拶(あいさつ)し、荷物をお持ちしましょうかとたずねた。彼女はひどく驚いた。祖父の運転手だ。

ニコロスが葬儀に行く車は手配ずみだと説明した。

「彼は自発的に迎えに来てくれたのかしら？」自分たちのリムジンに乗り込むとき、プルーデンスはニコロスにたずねた。「祖父の家に滞在していたとき、使用人たちはとても感じがよかったわ」

ニコロスの経験では、使用人はどんなに親切で好意的でもめったに自分からは動かない。テオの法定遺言執行人は、孫娘に対する亡き大実業家の残忍な仕打ちを隠したいのだろうか。リムジンで葬儀の場所に送り届けるぐらいたやすいことだ。ニコロスの形のいい口元に皮肉な笑みが浮かんだ。

空港から向かったニコロスの実家で、彼の両親とともに昼食の席を囲んだ。前もってプルーデンスはニコロスの母と妹たちから思いやりのある電話を受けていた。ニコロスの父親も教会に同行した。

葬儀のあいだプルーデンスは大勢の人たちが首を伸ばして彼女のほうを見ているのに気づいた。埋葬地では祖父と親しくなれなかったことが悔やまれて涙があふれた。唯一の生きている親族だったテオは、死ぬまで頑固で執念深く、家族の一員として接しようとするプルーデンスをことごとくはねつけた。テオ自身がそれを望んだのだと思い、彼女は憂いに沈んだ。ニコロスが父親と話していたとき、グレゴリ・レラス弁護士がプルーデンスに近づいて、アテネ郊外のディマキス邸に戻るかどうか確かめた。

彼女はびっくりした。「いいえ、戻りません」

「ですが、主人役を果たすのはあなたしか考えられません。ここにいる人たちは、みなあなたの客なのですから」まるで彼の雇い主が生前認めなかった地位にプルーデンスがついても当たり前であるかのような言い方だ。「それに遺言を読み上げる機会ができるのでありがたいのですが」

宮殿のようなディマキス邸で客を接待する役を務めると思うと動揺したが、そういうことならしかたない。遺言の話を聞いて、プルーデンスはわずかに目をみはった。祖父が何か遺してくれたのかしら。小さな形見？ きっと彼を失望させたことに対する無言の叱責となるものだろう。

「僕は行けない」事情を聞いたニコロスは張りつめた低い声で謝った。「敬意を表して葬儀には出たが、僕はディマキス邸に入らないほうがいい」

「でも、あなたはわたしの夫なのよ」プルーデンスはうろたえた。あんなに大勢の知らない人たちをたったひとりで相手にしなくてはならないなんて。

「君をがっかりさせたくないが……今はこんな状況だから、僕は出席できない」ニコロスは彼女の手を取り、なだめるように親指で手首を撫でた。「リムジンは会社で僕を降ろしてから屋敷に向かい、そこで待機するから。僕は六時にはアパートメントに帰っている」

祖父と辛辣な別れ方をしたニコロスにこれ以上の譲歩を期待するのは自分本位で思いやりがない。プルーデンスは笑みを浮かべてみせた。ディマキス邸には大勢の客が次々と訪れ、忙しすぎてニコロスがいないのを気にする暇もなかった。それでも、王族のようにしずしずとやってくるカシア・モリキスを見たときにはぎょっとした。肩で波打つプラチナブロンドに、優雅でかわいい黒いドレスと帽子姿のカシアは、ほかの女性たちを意気消沈させるためだけに地上に置かれた美しい人形のようだった。

カシアはきらめく茶色の目でプルーデンスを見た。「ニックが葬儀に出席したので、みんな感心していたのよ。彼はほんとうに気品があって、あなたにはもったいないわ。葬儀ではわたしに気づかなかったわね。死を悼むふりをするのに忙しかったものね」

「教会は混んでいたから」プルーデンスは懸命に落ち着いた態度を保った。昔からカシアの前に出ると怖じけづいたものだが、あの十代の屈辱がいまだに残っている。「あなたがわたしの祖父と付き合いがあったなんて知らなかったわ」

「知らなかったの？　わたしの父は数年前から〈ディマキス・インターナショナル〉で力を振るっているのよ」カシアは不快なほど気取った微笑を向けた。「遺言の発表はまだだけど、テオがドイツにいる最初の妻の親類にずいぶん遺したのはみんな知っているわ。彼らにはお金は必要ないので、事業のほうは今経営に携わっている実力者たちにまかせるでしょうね。わたしたちにとってはけっこうな話だけど、あなたにとってはそうでもないわね」

プルーデンスは祖父の富を相続するわけがないと思っていたので、カシアの意地悪はなんの効果もなかった。「そう考えたいのならどうぞ」

「ええ、そうするわ。よくそんなふうにこの屋敷に住んでいるみたいに振る舞えるわね。テオが生きていたとき、あなたは歓迎されなかったのに」

「今もそんなにわたしが憎いなんて驚きだわ。ニックと結婚したことを恨んでいるのなら、この八年はあなたにとってずいぶんむなしかったでしょうね」

「結婚ってどんな？」カシアが頬を紅潮させて憤然と言い放った。「わたしは初夜に彼のためを思って、確実に眠らせてあげたのよ。美しいニックが、あなたみたいに平凡で退屈な人と結婚させられて――」

「あなたが……確実に眠らせてあげた？」

「ほかに誰がするの？」カシアは得意げな顔を隠せなかった。「彼の飲み物にそっと薬を入れたのよ」

プルーデンスは怒りに震えた。だが、決してレディであることを忘れないとニコロスに言われたのを思い出した。今は厳粛で悲しいときだ。プルーデンスは息を吸って、かっとなりそうな自分を抑えた。

「ミセス・アンゲリス……」絶妙のタイミングでグレゴリ・レラス弁護士が割り込んだ。「これから図書室に来ていただけませんか？」

室内に三人の弁護士しかいないと気づき、プルーデンスは困惑した。「ほかのみなさんはどちらに？」

「ほかに受益者はいません」彼女がその言葉の意味を理解する暇もなく遺言が読み上げられた。

「どういうことなのかわかりませんが」

「あなたは遺産すべてを相続し、大金持ちになったのです」レラス弁護士が自信を持って明言した。

「でもドイツの親類が……」

「あなたのおじいさまはあの作り話をおもしろがっていました。お父上が亡くなった日から、あなたはミスター・ディマキスの相続人でした」

それを聞いてプルーデンスは心を揺さぶられた。「それは十五年以上も前の話で……祖父にはふたりめの息子ができたと信じたときもありましたし」

「そのときでも、あなたは彼の財産の多くを相続したでしょう。あなたにはディマキス家の血が流れていて、彼にとってそれがたいへん重要でした」

「でも祖父はわたしと話をしようともせず……」

「ミスター・ディマキスはとても複雑で頭のいい方でした。理解できないときもありましたが」

その後弁護士たちは主要な遺産を順に挙げていった。十分たってもまだ終わらず、プルーデンスは開いた口がふさがらない気がした。

「手続きが数多くあるので、今後何度もお会いする必要があります。今日はこのくらいでやめておきましょう。ミスター・ディマキスは亡くなる少し前に、あなたにお見せするためにビデオを撮ったのです」

「ビデオ？　祖父は病気を知っていたのですか？」

「そうです。体が弱っていることは死ぬまで公にはしたくないというご意向でした」弁護士はプルーデンスに封印のしてあるＤＶＤのケースを渡した。彼はプレーヤーの場所を教え、質問があればお答えしますと告げて同僚とともに部屋を出ていった。

プルーデンスはどきどきしながら封印を破り、ＤＶＤを再生した。画面にふいに祖父が現れた。祖父本人に会ってからまる五年がたっている。祖父の蒼白でいかめしい顔には年齢とやつれが表れていた。

〝相続人になり、夫を掌中に握った気分はどうだね？〟テオが皮肉っぽい笑みを浮かべてたずねる。〝これを撮っている今、おまえはニコロス・アンゲリスとイタリアで日光浴をしながら新婚気分を味わっている。それはわしのおかげと思っていい〟

「まさか……知らないはずなのに」プルーデンスはトスカーナのハネムーンを暴かれたことに困惑した。

〝ニコロスに闘いを仕掛けるのはむずかしくなかった。彼はおまえにじつに忠実だ。わしがおまえと動物たちをあのみすぼらしい家から立ちのかせたとき、案の定ニコロスは救いに駆けつけ、おまえたちは和解した。逆境がニコロスのいちばんの長所を引き出す。だからわしは権利侵害の契約を使って彼の会社に圧力をかけた。彼は反撃してきた。オークミア・アベイの購入資金を作るためにヨットまで売るとは、なんたる騎士道精神だ〟テオは感心した様子で白髪交じりの頭を振った。〝それ以後ニコロスの会社を倒そうとするわが社の作戦は着実に進んだ〟

「まあ……」プルーデンスは力なくつぶやいた。これで多くのことに納得がいく。なんということかしら。最近ニコロスは長時間働き、しきりに電話のやり取りをしていた。仕事にかかりきりで疲れきっている彼をたしなめたくらいだ。祖父は手ごわい敵だから、ニコロスはさぞかし苦労したことだろう。どうしてわたしは気づかなかったのかしら。それに、どうして彼は話してくれなかったのかしら。

〝今はニコロスはおまえのものだ。おまえはすべての采配を振るえるんだぞ、プルーデンス。そうなるようにわしが前から計画したのだ〟

「そんなこと、あり得ないわ！」

〝おまえはディマキス家の人間だ。わたしはおまえを大金持ちで影響力のある女性にするつもりだ〟テオは満足そうに続けた。〝おまえの強情さを知っていたら、八年前のような策はとらなかったかもしれない。だが、おまえの父親に欠けていた資質を娘に見て、わしは腹が立った。おまえにはアポロの感傷癖はあっても軟弱ではない。わしがおまえに理想の夫を選んだのはおまえも認めるしかないだろう〟

DVDが終わったとき、プルーデンスは愕然として宙を見つめていた。何よりニコロスに会うことが大切だが、その前にグレゴリ・レラスに質問した。「〈ディマキス・インターナショナル〉がわたしの夫の会社をつぶそうとしているそうだけれど、今の状況を教えてもらえるかしら？」

「取締役たちには個人的な復讐を続ける気はありません。どういう状況になるかはあなた次第です。テオは自分で決定し、第一線で采配を振るいました。彼の遺言を公表する際には、〈ディマキス・インターナショナル〉に力強い指導者が必要になります」

ニコロスだとプルーデンスはぼんやりと考えた。テオのかねてからの計画どおり、ニコロスはその指導者になるのだ。相続の噂はすでに広がり始めていた。玄関ホールで押し合う人々が道をあけてプルーデンスを通したとき、振り向いたある女性の仰天した目からそれがわかった。この知らせでカシアの一日は台なしになるだろう。

プルーデンスはリムジンに乗った。わたしはお金持ちなんだわ。首を振って頭をすっきりさせようとしたが、宙に浮いたような非現実的な感覚は消えない。今度はわたしがニコロスを救いに行く番だ。

プルーデンスがニコロスを捜し当てたとき、彼は電話中だった。風通しのいい大きな応接間の戸口に立っている彼女を見て、ニコロスの瞳が金色に燃え上がった。口元に笑みを浮かべながら、彼は手を伸ばしてプルーデンスを迎えた。彼女は喜んでその手を握ってニコロスに抱き寄せられた。彼はハスキーな声で流暢なフランス語の電話を終わらせた。

「家はどうだった？」ニコロスがやさしくたずねた。

「まあまあよ。カシアがいて、感じが悪かったわ」

「それは今に始まったことじゃない」

プルーデンスは辛辣な言葉に驚いて彼を見上げた。「何があったと思う？　カシアはわたしたちの結婚式の日あなたの飲み物に薬を入れたと認めたのよ」

ニコロスは問いかけるように黒い眉を吊り上げた。「どうやって白状させたんだい？　拷問？」

「得意になって言わずにはいられなかったようよ」

「なんという女だ。そうじゃないかと怪しんでいたが、確証は得られないと思っていたよ」

「じつはカシアより大切な話があるの」プルーデンスはニコロスのみごとな仕立てのジャケッ

トの襟に指を走らせた。「わたしの祖父は亡くなる二週間前から、あなたの会社をつぶそうとしていたのね」

ニコロスは体をこわばらせてプルーデンスの体を引き離し、卵形の顔をしげしげと見た。

「どうしてわかった?」

「話しても絶対に信じてもらえないわ」プルーデンスはため息をつき、テオのＤＶＤのことを考えた。「ほんとうなのね。でもなぜ自分で話してくれなかったのか、わたしにはわからない――」

「わかるはずだ。君は僕の妻で、彼は君のおじいさんだ。君は板ばさみになり、取り乱しただろう」

「それはそうだけど――」

「君を守るのが僕の務めだ」

「わたしを何週間も蚊帳の外に置いて? それではまるでわたしがばかみたいだわ。わたしは小さな子どもじゃないのよ。この結婚では対等だと思っているし、もしわたしを守るのがあなたの務めなら、苦境であなたを支えるのがわたしの務めよ」

「なんてやさしいんだ」ニコロスは子どもにするようにプルーデンスの頭のてっぺんにキスをした。間近にいるニコロスの香りが記憶を呼び起こし、そのメッセージがプルーデンスの敏感になった体に伝わった。「だが、君にそれを話していたら、僕たちのハネムーンは台なしになっていた。そのあと君は流産のショックと闘った。君は死ぬほど思い悩んだだろう。だから打ち明けるわけにはいかなかった」

「でもわたしには知る権利があるわ――」

「僕は謝らないよ」ニコロスはプルーデンスのうなじの髪留めをはずして豊かな栗色の髪をほどき、つややかな巻き毛が紅潮した顔を取り巻くようにした。「もしまた同じ状況になったら、同じことをする」

「いいえ、だめよ――」

「もう僕たちの結婚は本物になった。イタリアでの二、三週間は、何ものにもじゃまされないでふたりで過ごすことが大切だった。僕たちの子どもを失ったショックから君がすっかり回復することも――」

「でも、あなたは現実に起こっていたことを教えてくれなかった」

ニコロスの指がプルーデンスの顎を持ち上げ、視線を合わせる。「君は僕たちの子どもを失ったとき僕を締め出した」

「そうだったわね……」彼女は涙で声が出なかった。

「傷ついた君の力になりたかったが、君はそうさせてくれなかった。僕は子どもを自分の人生に欠けているものだとは一度も思ったことはない。だが僕の子を宿した君のことを考えたとき、僕は打ちのめされた。最後の最後まで祈ったよ。奇跡が起きて君が僕たちの子を失わずにすみますようにと」

「まあ……」誠意のこもった告白に、プルーデンスは言葉を失った。ニコロスを見上げた青い瞳は明るく輝いていた。「そうなの？　わたしもよ」

「君が十分元気になり、ふさわしいと感じたときにいつでも僕はもう一度試したい」

プルーデンスは息をのんだ。どんよりと曇った日に現れた輝く太陽のような幸福感が全身を包む。新しい人生の未来を祝うのにこれほどぴったりの日があるだろうか。「祖父は心から喜んだでしょう――」

「今も昔もテオの横暴な欲望や願いなどどうでもいい。そう言っても、僕に侮辱するつもりがないことは、君もきっとわかってくれるだろう」

「ええ、あなたがそう感じても無理はないわ」

「どうして君はたちまち僕を興奮させるんだ？」ニコロスはもどかしげにプルーデンスを引き寄せて薔薇(ばら)色の唇を求めると、彼女の膝の力を奪い取った。

「話があるの」プルーデンスは唇を引き離した。

「あとでいいだろう？」ニコロスの息が彼女の頬をなぶる。彼はプルーデンスの下唇に軽く歯を立て、舌を差し入れて誘いかけた。彼女はニコロスの腕をつかんで体を支えた。

「もうあなたの会社が〈ディマキス・インターナショナル〉につぶされる心配はないのよ」彼女は晴れやかにほほえんだ。「その話は聞きたくない？」

「君をがっかりさせたくないが、その問題は解決したよ。テオが亡くなった日に卑怯(ひきょう)な攻撃は終わった。あんな闘いをしても商売上は意味がない」

少し気が抜けたが、プルーデンスはそれを聞いてうれしくもあった。何しろまだ〈ディマキス・インターナショナル〉の持ち主になった実感がない。「よかった。安心したわ」

ニコロスは彼女を腕に抱き上げて廊下を進み、モダンな家具の置かれた男性的な寝室に向かった。

「遺言が読み上げられたときはびっくりしたわ。カシアがドイツの親類の話をしていたから――」

「その話は誰もが聞いている。クロイソス王のように大金持ちの、すごいお年寄りだ」ニコロスは長々と情熱的なキスをしてからゆっくりと彼女をベッドに下ろした。「テオはあくどく儲けた利益を何かの慈善事業に遺したほうが賢明だっただろう」

プルーデンスは膝をついて体を起こした。「でなければ……わたしに、とか？」

ニコロスは楽しげに笑った。「君は一度も候補に挙がらなかったじゃないか。十回以上僕を売買できるほど金を持っている妻は気に入らないだろうね」

「絶対に？」

ニコロスはプルーデンスを見下ろした。長く密な黒いまつげは彼の澄んだまなざしを際立たせている。「なぜそんな話をする？　君は彼の遺言から除外されてがっかりしたのかい？」

「それが……わたし……除外されていなかったの」

ニコロスは眉をひそめた。「テオは何を遺した？　家族の形見？　君に何かを遺したとは驚いたな」

「彼はわたしに何もかも遺したの」

ニコロスは凍りついた。「冗談だろう」

「家、車、宝石類、事業、自家用機、ヨット……何もかもよ」

ニコロスはショックを隠せずプルーデンスを見つめたが、受け入れたように両腕を広げた。

「君がそう言うならそうだろうが、信じられない」

「彼のDVDを見せるから待って」プルーデンスはベッドを下りて居間に急ぎ、バックからディスクを取り出した。

ニコロスもあとからついてきてそれを受け取った。「テオが自分を撮ったのか」

プルーデンスは祖父の言葉に怒りをあおるような内容があったのを思い出し、急に不安に襲われた。「あなたは見ないほうがいいかもしれないわ」

「どうして?」ニコロスはもの憂げにたずねた。

緊張した空気に、彼女の胸の鼓動が速まった。DVDのことを教えた自分の浅はかさに愕然とした。「あなたは彼と気が合わなかったし――」

「それは君も……ほかの人間も同じだった。彼は僕のことをどう言っていた？」

「なぜ彼が何か言ったと思うの？」

「テオが労を惜しまずビデオを撮ったのなら、それは自分の頭のよさに悦に入るためだろう」

そしてニコロスはＤＶＤを見た。

プルーデンスは不安と恥じらいで悶々としながらそばを離れなかった。冒頭の不快な言葉を聞いてニコロスが顔色を変えたので、気分が悪くなった。

「ニック、祖父の言うことは気にしないで――」

ニコロスは手で制して彼女を黙らせた。テオがすべてを明らかにしていくあいだ、プルーデンスはニコロスが怒りに震えるのを感じた。

「彼の言うとおりだ……僕は大ばか者だった」

「いいえ、祖父は間違っている……あなたは彼とは人間が全然違うし、わたしは今のままのあなたでいてほしいわ。お願いだから、最後まで見ないで」

結局ニコロスは硬い表情で最後まで見た。そしてもう一度再生して途中聞き逃しがなかったか確かめた。ようやく振り向いたとき、彼の目は危険な光を帯びていた。「君が遺産を受け取るなら僕は別れる」

プルーデンスはニコロスを見つめた。聞き間違いか、誤解でもしたんだわ。「本気じゃないでしょう」

「持ったことも期待したこともないものを失っても、君は惜しくないだろう」

「そういう問題じゃないわ。テオに不愉快なことばかり言われて、あなたは頭にきているだけよ」

「以前君は、僕が君を財産として見ているのではないかとほのめかした。僕は今後ディマキス家の相続人の夫と言われるつもりはない」

「でも、もう夫なのよ！」

「僕が夫にならないと決めたら違う。すでに欲の虜になったなんて言わないでほしい」

「あなたに対して自分を正当化する必要はないわ。わたしはディマキス家の人間なのよ」

ニコロスはばかにしたように彼女を見た。

「テオは、わたしが孫だから遺産を相続させたかったのよ。彼はわたしを認めてくれていたの。亡くなってからだけど、やっとわたしも彼の家族だったと感じられるようになった。彼が生涯かけて働いて遺したものを拒絶するつもりはないわ」

「そうなると、君にはひとつ問題が持ち上がる。僕は女のひもになる気はない」

「それは、ひもになってほしいと言われてから言うせりふじゃないかしら」プルーデンスは必死に涙をこらえた。「結婚したとき、わたしは着ている服以外何も持っていないも同然の状況だった。それに耐えるしかなかったのよ――」

「ずいぶん耐えたんだな。国を出たんだから」

「よくそれを蒸し返せるものね」

「ギリシア人の夫は、ずっとギリシア人の夫だ」

「わたしは裕福になって、一瞬一瞬を楽しむわ」

「だが、僕はいっしょにいない……」

冷たく挑戦的な空気に、プルーデンスは真っ青になった。激しい怒りに頭がくらくらする。

「つまり、あなたはディマキス家の相続人と結婚していたくないのね？　わかったわ、あなたがそういう気持ちなら、あなたがわたしにふさわしいと思っているところに戻るわ！」プルーデンスは玄関ホールに向かった。足を止めたのは、ＤＶＤをバッグにしまうときだけだった。

ホールに置いてあった旅行バッグを持つと、ニコロスが彼女を引きとめる言葉を言う時間をたっぷり取った。〝どこに行くつもりだ？〟とか〝ここに戻っておいで〟とか〝この話は明日にしよう〟でもいい。耳を聾するほどの静けさのなか、背後でドアがばたんと閉まる音が響き渡り、プルーデンスはびくっとした。

タクシーでディマキス邸に戻り、以前から住んでいたように玄関を入った。まだ仕事中の使用人が集められて、正式に紹介された。庭を見渡せるバルコニーつきのりっぱな部屋に通されたあと、彼女はシャワーを浴び、軽いローブを着た。

なぜこんなに打ちのめされた気分なのかしら。ニコロスにはほんとうに腹が立つ。夕食がトレイで届けられたが、ストレスを感じるといつも食欲が出るのに、もう二度とニコロスの腕に抱かれることはないと思うと、恐怖で気分が悪くなった。彼に会いたくてたまらない。こんなのむちゃくちゃよ。彼はわたしを妻の座にとどめるために闘った。わたしに妻として暮らすように強要した。彼は結婚をとても重く受けとめていた。わたしが大金を相続したからといって突然別れることはできないはずでしょう？

そこまでひどく不合理になれるかしら？　ニコロスのなかにはきわめて男性的な考え方と強

烈なプライドがつまっている。そういえば、相続人をつかまえたことで嘲笑されたと彼も認めていた。だがニコロスが財産目当てでないのは知っている。りっぱな男性なら、誰でもそんなレッテルを張られたくないだろう。それでも、彼がそんな信条のためにふたりの未来を捨てる気になれるなんて理解できない。

屋敷のまわりで犬たちがさかんに吠えているので、プルーデンスはバルコニーに出た。警備の男性が現れて、騒がせたことを謝った。壁を越えて敷地に入った男を追跡したが、逃げられたと説明した。

プルーデンスはベッドに入った。横になっていると腹が立つばかりだ。怒りの下にはずっとする不安と恐怖の泉が果てしてなく広がっている。わたしはニコロス・アンゲリスを心の底から愛している。彼が大好きだ。彼といると幸せだったのに、ふたりのあいだに亀裂を生じさせ、流産したあと彼を顧みなかった。すれ違いは長くは続かなかったが、ふたりの関係に緊張を与え、弱い部分を作ってしまった。〝僕も子どもを失ったんだ〟とニコロスは言った。彼はあのときのわたしの態度に腹を立てているのかもしれない。怒りにまかせてアパートメントを出るべきではなかった。とどまるべきだった。

疲労が押し寄せ、プルーデンスは眠りについた。夜明けごろ、途方もない考えが浮かんだ。それを頭のなかで何度も検討しているうちに、それほどとっぴでもない気がしてきた。彼にされたことを、わたしが彼にする。ニコロスの会社を通して彼に圧力をかければいい。なぜいけないの？　わたしが何を失うのだろう？　プライドがニコロスのいない人生を意味するとしたら、そんなものに価値はない。

上品で夏らしいブルーのドレスは、ネックラインが前も後ろもV字形にくれていた。プルーデンスはあらゆる角度から自分の姿を調べ、念入りに細心の注意を払って化粧をした。彼はアテネのオフィスに行くだろう。ニコロスは一カ月に二日はそこに行き、今回はプルーデンスも同行する予定だった。最近は十時間以上ニコロスの姿が見えず、手を触れないと恋しくてたまらないという当惑するような癖がついた。すべての防御の壁は壊れて、愛が確固たるものになり、プルーデンスはますますその虜になった。話を聞いたらニコロスは仰天するだろう。いったいどんな態度をとるかしら……。

出かけようとしたとき、カシア・モリキスが屋敷に到着し、面会を申し込んだ。ことわろうと思ったが気を変えて、格式高い広い客間でカシアを迎えた。くつろいでくれと勧めようとは思わなかった。

カシアはいつになくおとなしく、不安に満ちた茶色の目でプルーデンスを見つめた。「わたしがここを訪ねた理由はご存じね。昨日は飲みすぎて、あなたにずいぶん失礼なことを言ったわ」

今や父親の雇い主はプルーデンスなのだと悟り、カシアはパニックに陥ったに違いない。

「そうね」

「わたしの謝罪を受け入れていただきたいの。きっとニックも同じ気持ちだわ」

「彼は気にしないわ。誰が飲み物に薬を入れたか、わたしが話したの」プルーデンスは皮肉っぽく言い返し、カシアの目が狼狽(ろうばい)と屈辱に燃えるのを見守った。「でも、あなたのしたことを持ち出してお父さまを非難する気はないので安心していいわ」

カシアがそそくさと帰って数分後、プルーデンスは豪邸をあとにした。ある決意を胸に……。

10

ニコロスのモダンなオフィスに入ったとき、全力疾走をしたようにプルーデンスの鼓動が速まった。

目と目が合うと、全身に快い戦慄（せんりつ）が走った。ニコロスは笑みを見せて近づいた。「よく来てくれたね」

プルーデンスは思いがけない挨拶（あいさつ）にまごついて頬を染めた。彼の条件をのむために訪ねたと思い違いをされているのではと心配になった。

「社内を案内しようか？」ギリシアのオフィスを初めて訪れた彼女に、ニコロスがなめらかにたずねた。

「たぶんあとで。じつは大事な話があって来たの」

ニコロスのもの憂げなまなざしがプルーデンスのしっとりした唇から魅惑的な胸にさまよい、満足したように上に戻った。「そのドレスはいいね――」

「どうか話をさせて」体の奥が熱くなり、プルーデンスは震える声で言った。まなざしやハスキーな声だけで欲望が目覚めることにうろたえていた。

ニコロスは促すように優雅に手を振り、ガラス製デスクにもたれると、期待をこめて彼女を見つめた。

「わたしはこの結婚をとても大切に思っているの」

「それはよかった」

「だから、もしあなたが戻ってこないなら――」

「僕はどこにも行っていないが――」

「あなたがこの結婚を解消するなら、わたしは〈ディマキス・インターナショナル〉にあなたの会社をつぶさせるわ」緊張のあまり膝ががくがくする。

ニコロスは激しい非難を浮かべてプルーデンスをにらんだ。瞳に金色のきらめきはなく、たくましい大柄な体は身じろぎもしないが、気楽そうに見える。

「口先だけだとお思いでしょうけど本気よ。ふたりでいるときはとても幸せだったわ。お金のためにわたしたちの仲を終わらせてはいけないのよ」

「ディマキス家の人間を脅して結婚を本物にしたときに、僕は自分が何をしているのか自覚しているべきだったな。君は覚えが早いね」

プルーデンスはびくつく心を落ち着かせようと息を吸った。やったわ。以前彼が脅したように、わたしも彼を脅したのよ。とはいえ、彼女は自分に恥じ入り、ぞっとしていた。そして口のなかはからからだった。「それでお返事は？」

「奥の手を出すんだな」

「まじめに返事をしてちょうだい」

ニコロスは冷静だった。「まじめだよ。僕に脅しはきかない。テオが脅さなかったと思うかい？」

彼女は喉が締めつけられた。「ことわるの？」

「そうだ」

自分の顔が青ざめていくのを感じる。背水の陣で臨んだのに、突然足元の地面が消えた。それでもプルーデンスは昂然と肩をすくめ、きびすを返した。

「だが、君が僕の自由意思でいっしょにいてほしいと頼むなら、すぐに丸くおさまるだろうね」

プルーデンスは涙をきらめかせて立ちすくんだ。

「ゆうべは君がいなくて寂しかった」

プルーデンスは息をのみ、ゆっくりと震える長い息を吸ってからくるりと振り返った。「そうなの？」

「僕は信じられないほど結婚生活になじんでいた」

「ほんとうに？」プルーデンスの喉にすすり泣きが込み上げた。早合点をするのが怖かった。

「昨日の僕はばかだった。テオの思うつぼだ」

「あなたが怒っても、わたしは責められないわ」

「今朝オフィスに着いたとき、速達が届いていた。あのDVDはコピーがあったんだ――」

「祖父はあなたにも同じものを送ったの？」

「もう一度見直して僕はユーモアのセンスを取り戻した。僕たちの仲直りを知られないようにずいぶん用心したが、ばかな真似をしたものだ。僕が望みをかなえれば、テオが僕に望んだとおりになる。しかし、そんなことにかまうべきではなかった」

「昔から、それがわたしたちの障害だったわ」

「若いころはそうだった。だが、もう違う。僕は大人になったと思いたい。ゆうべ妻を突然訪ねてびっくりさせようとしたら、よだれを垂らした猛犬の群れとやけに仕事熱心な警備係たちのせいで、僕のロマンチックな試みはお粗末な結末になった。あのときはわれながら大人げないと感じたよ」

昨夜の侵入者騒ぎを思い出し、プルーデンスは目を丸くした。「ゆうべのあれは、あなただったの？」

「僕だったんだ」

プルーデンスは進み出て、ニコロスの手を握った。「なぜ名乗らなかったの？」

「それでは格好が悪いじゃないか――」

「どんなにあなたに来てほしかったか。もしあなたが近くにいると知っていたら――」

「今朝いちばんにきわめて重要な会議があったんだ。そのあと車で行き、玄関から訪ねるつもりだった」

「それを知っていたら、ここに来なかったのに」

「だが君も僕のために闘ってくれると知ってうれしいよ」ニコロスは真剣な顔で彼女を引き寄せた。

「うれしい？」

濃い金色の瞳がプルーデンスをのぞき込む。その輝きが彼女を温かく包んだ。「僕がずっと昔に言うべきだったこと、ほかの女性には誰にも言ったことがないことがある。君を愛している……」

プルーデンスの唇が開いた。「本気なの？」

「何よりも本気だ。昨日はプライドにこだわってばかな真似をしたが、君を愛する思いは止められなかった……決して止められないと思う」

プルーデンスはほとんど息もできずにニコロスのハンサムな顔にその言葉の証を探した。それは美しい瞳にあった。そこには彼女が夢見てきた思いと愛情と誠意があふれている。ニコロスが唇を重ねたとき、いつものように情熱が燃え上がったが、もはや新たな深い信頼と愛が隠されることはなかった。

「ここを出よう」ニコロスがかすれた声で言い、プルーデンスの手を取った。

市街はひどく渋滞していたが、ふたりはキスに忙しく、あまり気にならなかった。

「あなたはいつわたしを好きになったの？」プルーデンスはニコロスを押しやって息を継いだ。

「正直などころわからない」ニコロスは彼女の手を持ち上げると指にキスをして、絶えず触れていたい欲求を満たした。「最初僕たちは友だちだった。だが初夜に過ちを犯し、それが何かわからないことが常に障害になってプラトニックな関係が続いた」

「あのときあなたに話していたらどんなによかったかしら。でもわたしは傷つき当惑して、正直なところあなたが酔っぱらったのは、わたしと結婚するしかなくてみじめだったからだと思った――」

「いや……全然みじめではなかった。祭壇では、どうやって無垢な花嫁の悩ましい体をあらわにしようかと先走る欲望を抑えるのに苦労したぐらいだ」プルーデンスがショックで目をみはったのを見てニコロスは笑った。「ときどき君はとてもうぶになるね」

奇妙にも、彼のあからさまな告白が、あの日の記憶につきまとっていた苦痛と不安をぬぐい去った。プルーデンスは胸元のあいたドレスの上をニコロスのくすぶるまなざしがさまよったのを思い出し、肌をほてらせた。当時ですら自分が彼の欲望をかき立てていたことがうれしかった。

「しかもとてもセクシーだ」ニコロスは彼のアパートメントに上がるエレベーターのなかでプルーデンスに迫った。「僕はいつも君に夢中だ……」

エレベーターに人が乗ってきたので、ふたりはやむなく身を慎んだ。ニコロスは自分の部屋のドアを勢いよく開けてなかに入ると、プルーデンスをドアに押しつけ、むさぼるようにキスを求めた。

「もっとプライバシーを守れる場所が必要だ」ニコロスは寝室に向かいながら言った。

「祖父の屋敷はいやよ……わたしには楽しい場所ではなかったから、あそこは手放して、ギリシアに来るときに暮らせる新しい家を探しましょう……」

会話とキスを繰り返しながら、ふたりはベッドにたどり着いた。大急ぎで服を脱いで夢中で愛を交わし、満ち足りた安心感とともに互いの絆を強めた。

そのあとニコロスはプルーデンスの顔を両手で包んだ。「愛してるよ。心から愛している。

ゆうべは君を失ったかもしれないと思うと胸が悪くなり……眠れなかった。君は僕にとってそれほど大切な人になっていた」

「わたしも愛しているわ。今まであなたにそう言わなかったのが不思議だわ」

「君は一度も言わなかった。僕たちの結婚はあまりにもひどいスタートを切った」

「過去を振り返らないで。当時のあなたにはあれだけの責任を負う心の準備ができていなかったのよ」

「だが今は違う。離婚したいと君に言われたとき、僕は目が覚め、あわてふためいた。僕の何が問題なのかわからなかったが、君と別れるくらいならどんなことでもすると気づいた。ところが君の決意は固く……精子バンクの話にはほんとうに参ったよ」

プルーデンスはニコロスのブロンズ色のたくましい胸を指先で撫でながらほほえんだ。「あなたのほうがずっと楽しいと認めるわ」

「君はずいぶん大胆になってきたね、ミセス・アンゲリス」ニコロスはかすれた声でたしなめると、巧みに彼女の唇を奪った。「僕は大胆なのが大好きだ」

エピローグ

二年後、ニコロスは動物病院を訪ねていた。プルーデンスのラブラドール犬の一匹が最近死んだので、代わりになりそうな犬を探すことにしたのだ。プルーデンスの考え方はよくわかっている。子犬も純血種も引き取り手が見つかりやすいので、それ以外の犬を選ばなければならない。

「四匹集まるまで待っていたんです。ミセス・アンゲリスの家にもらわれる犬は幸運ですよ」獣医はそう話しながら犬小屋に案内した。

「これはドゥードル。健康ですが老犬です」獣医が顔をしかめた。「飼い主は亡くなりました」鼻が灰色になりかけた品のいいコリー種の犬が金網の向こうから愛想よく尻尾(しっぽ)を振った。

「ミリーは事故に遭い……片目を失いました」温厚なゴールデンラブラドール犬がぱっと立ち

上がって挨拶をする。ニコロスはほほえみ、次に移った。

「ピーナッツは運搬用の籠につながれているところを発見されました」怯えた目をした小さなテリアは犬小屋の奥で目立たないようにしていた。

「最後はソーセージで、あまり特徴がありません」悲しげな大きな茶色の目とニコロスの目が合った。くしゃくしゃの毛の大きな体とは不釣り合いなずんぐりした短い脚をしている。「このなかに適当な候補がなかったら、来週また二匹やってきます」

「それでこの犬たちは？」ニコロスはたずねた。

獣医はひるんだ。「この犬たちは見込みがありません。自治体が連れていきますが、どの犬にも引き取り先は見つからないでしょう。こういう犬はなるべく長くここに置くようにしているんですが」

ニコロスは事情を理解して緊張し、青ざめた。彼は引き返してさっきより真剣に犬たちを調べた。拒否すれば天国の犬小屋へのチケットを渡すことになる。できるだけ賢い選び方をしなくては。

そのころプルーデンスは大きな姿見の前でくるりとまわり、流れるようなシルエットのイブニングドレスにうっとりと見入っていた。ワインカラーのシルクのドレスは肩があらわで、彼女の体の曲線を際立たせた。妊娠中に増えた体重を落とすのに苦労したが、均斉のとれたスタイルに戻れたのがうれしい。

今夜は、ふたりが結婚の祝福を受けてから迎える二回目の記念日だ。プルーデンスは育児室を目指して廊下を進んだ。耳と首にはダイヤモンドが輝いている。人生はすばらしいどころではなかった。二、三カ月待ったところでまた子どもを作ろうと決め、彼女はまもなく双子を妊娠した。最初のうちは流産を恐れて彼女もニコロスもやや神経質になったが、何もかも順調で予定より二週間早く息子と娘が生まれた。ニコロスは愛情深い父親になり、子どもたちといっしょに過ごすことが何よりも気に入っている。

結局〈ディマキス・インターナショナル〉はニコロスが引き継いだが、すでにカシアの父親と彼の後継者が最高経営責任者(CEO)として会社をかきまわしたあとだった。取締役会がニコロスに懇願した結果、プルーデンスの祖父の企業帝国は舵(かじ)を取る彼のもと、幸い順風満帆に進んでいる。会社を再編成し、実力のある経営陣をそろえたので、ニコロスも仕事中毒になるほど長時間働かなくてもすむようになった。

必然的にギリシアで過ごす時間が増え、週末と休日にそちらに行くことが多くなった。だが、今もふたりの生活の基盤はオークミア・アベイにある。家はすっかり改装がすみ、ニコロスも贅沢(ぜいたく)で快適な暮らしを楽しんでいる。彼が事業の存続を危ぶんだとき、主な財産を妻の名義に書き換えたのを知って、プルーデンスは驚き、深い感動を覚えた。動物保護センターは順調に発展を遂げ、スタッフを増やさなくてはならなかった。彼女は地元の慈善事業と基金調達にかかわるようになっていたが、双子が生まれたあとは仕事を減らした。

プルーデンスは育児室のベッドをのぞき込んでいた。わが子たちを見ると、幸せで胸が躍る。レオはついにステラとデートするようになり、双子の洗礼式で名付け親を務めた。生後十カ月の息子アンドレウスはとても小さく、漆黒の巻き毛で父親に似ている。妹のレオラはもっと小さいけれどしっかりしていて、クリームのような白い肌と大きなカラメル色の瞳の信じられないくらいかわいい子だ。眠っているふたりは愛らしくおとなしそうに見える。

「何を考えている？」戸口でニコロスがたずねた。

プルーデンスがかぶりを振ると、白い肩のまわりで栗(くり)色の髪が波打ち、やわらかな薔薇(ばら)色の唇に笑みが浮かんだ。「眠っている双子を見たら、この子たちが起きているときにどんなにやんちゃか、あなたには想像もつかないでしょう」

「ふたりがはいはいを始めたとき、君はずいぶん得意になっていたね」ニコロスがからかい、彼女の手を取った。「この子たちはたいしたものだ」

隠しきれなかった彼の得意げな様子に、プルーデンスは笑みを噛み殺した。

「今はテオに少し申し訳ない気もしている。僕たちは、彼がずっと望んでいた次の世代を授かった」

「あなたのご両親はすばらしいおじいさま、おばあさまだわ」

ニコロスはプルーデンスを引き寄せた。「君をびっくりさせることがあるんだ」

「もうこれをプレゼントしてもらったわ」彼女は手を差し出し、光を受けてきらめく美しいサファイアとダイヤモンドのエタニティリングを見せた。

「今度のプレゼントは、思いついたときには名案に思えたが、僕が期待したほどではないかもしれない」ニコロスは謎めいたことを言ってプルーデンスを階下に連れていった。「君に新しいペットを手に入れようと思ったんだ」

プルーデンスの瞳が驚きに輝いた。「あなたが？」

「とても簡単そうに見えたんだが」ニコロスはどうやってその仕事に取り組んだかを注意深く説明した。

中庭は一見したところ犬であふれ返っていた。ニコロスは壁際の震える小さな雑種犬をすくい上げると、ほとんどうわの空で撫(な)でた。いくらか身構えて振り向き、プルーデンスのまわりをはねまわっている犬たちの名前を紹介する。「全部僕たちの犬だ」

無類の犬好きのプルーデンスですら、それを聞いて唖然(あぜん)とした。「この子たち……四匹とも？」

彼は顔をしかめた。「残すのに忍びなかった」

「すてきだわ」プルーデンスは幸せそうに言い、ニコロスを抱き締めた。「わたしのためにいろいろとありがとう」

「いろいろと？」

「わたしの夢の家のためにヨットを売ってくれたわ」

ニコロスはうれしそうに笑った。「そのあと運よく妻が大きさも速度も二倍のヨットを相続した」

「わたしがどんなにあなたを愛しているか知ってる?」プルーデンスはささやいた。

「それは決して聞き飽きないよ、僕のいとしい人(アガピ・ムー)」ニコロスはドレスを犬の足跡で泥だらけにしているプルーデンスを見守り、笑みが抑えられない自分に気づいた。「日ごとに君への愛は深まるばかりだ」

いとしい人と呼ばれて、プルーデンスの胸は幸せでふくらんだ。ふたりは家に戻り、互いに熱烈なキスを交わしてからダイニングルームに向かった。ふたりの記念日の食事を楽しむために。

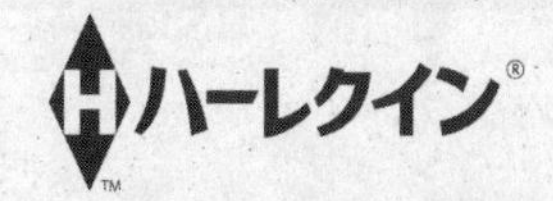

ハーレクイン・ロマンス　2007年5月刊（R-2190）

愛する人はひとり

2024年9月20日発行

著　　者	リン・グレアム
訳　　者	愛甲　玲（あいこう　れい）
発 行 人	鈴木幸辰
発 行 所	株式会社ハーパーコリンズ・ジャパン 東京都千代田区大手町 1-5-1 電話 04-2951-2000（注文） 0570-008091（読者サービス係）
印刷・製本	大日本印刷株式会社 東京都新宿区市谷加賀町 1-1-1
装 丁 者	中尾　悠
表紙写真	© Millafedotova, Anna Krivitskaia | Dreamstime.com

ISBN978-4-596-77867-3 C0297

◆◆◆◆ハーレクイン・シリーズ 9月20日刊 発売中

ハーレクイン・ロマンス
愛の激しさを知る

王が選んだ家なきシンデレラ	ベラ・メイソン／悠木美桜 訳	R-3905
愛を病に奪われた乙女の恋 《純潔のシンデレラ》	ルーシー・キング／森　未朝 訳	R-3906
愛は忘れない 《伝説の名作選》	ミシェル・リード／高田真紗子 訳	R-3907
ウェイトレスの秘密の幼子 《伝説の名作選》	アビー・グリーン／東　みなみ 訳	R-3908

ハーレクイン・イマージュ
ピュアな思いに満たされる

宿した天使を隠したのは	ジェニファー・テイラー／泉　智子 訳	I-2819
ボスには言えない 《至福の名作選》	キャロル・グレイス／緒川さら 訳	I-2820

ハーレクイン・マスターピース
世界に愛された作家たち
～永久不滅の銘作コレクション～

花嫁の誓い 《ベティ・ニールズ・コレクション》	ベティ・ニールズ／真咲理央 訳	MP-102

ハーレクイン・プレゼンツ作家シリーズ別冊

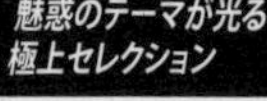

愛する人はひとり	リン・グレアム／愛甲　玲 訳	PB-393

ハーレクイン・スペシャル・アンソロジー
小さな愛のドラマを花束にして…

恋のかけらを拾い集めて 《スター作家傑作選》	ヘレン・ビアンチン 他／若菜もこ 他 訳	HPA-62

文庫サイズ作品のご案内

◆ハーレクイン文庫・・・・・・・・・・・・・・毎月1日刊行
◆ハーレクインSP文庫・・・・・・・・・・・毎月15日刊行
◆mirabooks・・・・・・・・・・・・・・・・・・毎月15日刊行

※文庫コーナーでお求めください。

9月27日発売　ハーレクイン・シリーズ 10月5日刊

ハーレクイン・ロマンス
愛の激しさを知る

最愛の敵に授けられた永遠 《純潔のシンデレラ》	メイシー・イエーツ／岬　一花 訳	R-3909
シチリア大富豪と消えたシンデレラ 《純潔のシンデレラ》	リラ・メイ・ワイド／柚野木　菫 訳	R-3910
愛なき富豪と孤独な家政婦 《伝説の名作選》	ジェニー・ルーカス／三浦万里 訳	R-3911
プラトニックな結婚 《伝説の名作選》	リン・グレアム／中村美穂 訳	R-3912

ハーレクイン・イマージュ
ピュアな思いに満たされる

あなたによく似た子を授かって	ルイーザ・ジョージ／琴葉かいら 訳	I-2821
十二カ月の花嫁 《至福の名作選》	イヴォンヌ・ウィタル／岩渕香代子 訳	I-2822

ハーレクイン・マスターピース
世界に愛された作家たち
～永久不滅の銘作コレクション～

罪深い喜び 《特選ペニー・ジョーダン》	ペニー・ジョーダン／萩原ちさと 訳	MP-103

ハーレクイン・ヒストリカル・スペシャル
華やかなりし時代へ誘う

ベールの下の見知らぬ花嫁	サラ・マロリー／藤倉詩音 訳	PHS-336
男装のレディの片恋結婚	フランセスカ・ショー／下山由美 訳	PHS-337

ハーレクイン・プレゼンツ作家シリーズ別冊
魅惑のテーマが光る
極上セレクション

結婚の代償	ダイアナ・パーマー／津田藤子 訳	PB-394

※予告なく発売日・刊行タイトルが変更になる場合がございます。ご了承ください。

今月のハーレクイン文庫

9月刊 好評発売中！

Harlequin 45th Anniversary

帯は1年間“決め台詞”！

珠玉の名作本棚

「ギリシア富豪と路上の白薔薇」
リン・グレアム

ギリシア人富豪クリストスが身代金目的で誘拐され、リムジン運転手のベッツィも巻き添えに。クリストスと二人きりにされ、彼の巧みな誘惑に屈して妊娠してしまい…。

（初版：R-2013「悲しみの先に」改題）

「追いつめられて」
シャーロット・ラム

ジュリエットは由緒ある家柄の一人息子シメオンと恋におちて17歳で結婚したが、初夜にショックを受けて姿を消した。8年後、夫が突然現れ、子供を産むよう迫ってきた。

（初版：R-936）

「十二カ月の恋人」
ケイト・ウォーカー

カサンドラの恋人ホアキンは、1年ごとに恋人を替えるプレイボーイ。運命の日を目前に不安に怯える彼女の目の前で、彼は事故に遭い、過去1カ月の記憶を失ってしまう！

（初版：R-2053）

「大富豪と遅すぎた奇跡」
レベッカ・ウインターズ

ギリシア人大富豪の夫レアンドロスに愛されないうえ、子も授かれず、絶望して離婚を決意したケリー。だがその矢先、お腹に双子が宿っていることを知る！

（初版：I-2310）

8月刊 好評発売

Harlequin 45th Anniversary

“ハーレクイン”の話題の文庫
毎月4点刊行、お手ごろ文庫！

『大富豪の醜聞』
サラ・モーガン

ロマンチックな舞踏会でハンサムなギリシア大富豪アンゲロスと踊ったウエイトレスのシャンタル。夢心地で過ごした数日後、彼と再会するが、別人と間違われていた。

（新書 初版：R-2372）

『心の花嫁』
レベッカ・ウインターズ

優しい恩師ミゲルを密かに愛してきたニッキー。彼の離婚後、想いを絶ち切るため、姿を消した。だが新たな人生を歩もうとしていた矢先にミゲルが現れ、動揺する！

（新書 初版：I-966）

『かわいい秘書にご用心』
ジル・シャルヴィス

父の死により多額の借金を抱えた元令嬢のケイトリン。世間知らずな彼女を秘書に雇ってくれたのは、セクシーだが頑固な仕事の鬼、会社社長のジョゼフだった。

（新書 初版：T-356）

『愛のいけにえ』
アン・ハンプソン

恋焦がれていたギリシア人富豪ポールが姉と婚約し、失望したテッサは家を出た。2年後、ポールが失明したと知るや、姉のふりをして彼に近づき、やがて妻になる。

（新書 初版：R-190）

※ハーレクインSP文庫は文庫コーナーでお求めください。